让学校成为师生的精神港湾

校长问学

XIAOZHANG WENXUE

张义宝 著

辽宁人民出版社

© 张义宝　2022

图书在版编目（CIP）数据

校长问学 / 张义宝著 . — 沈阳：辽宁人民出版社，2022.12
　　ISBN 978-7-205-10487-0

　Ⅰ . ①校… Ⅱ . ①张… Ⅲ . ①演讲—中国—当代—选集 Ⅳ . ① I267

中国版本图书馆 CIP 数据核字 (2022) 第 105447 号

出版发行：辽宁人民出版社
　　　地　址：沈阳市和平区十一纬路 25 号　邮编：110003
　　　电　话：024-23284321（邮　购）　024-23284324（发行部）
　　　传　真：024-23284191（发行部）　024-23284304（办公室）
　　　　　　　http://www.lnpph.com.cn

印　　　刷：河北品睿印刷有限公司
幅面尺寸：170mm×240mm
印　　　张：13.25
字　　　数：230 千字
出版时间：2022 年 12 月第 1 版
印刷时间：2022 年 12 月第 1 次印刷
责任编辑：张天恒　王晓筱
版式设计：娟　子
责任校对：吴艳杰
书　　　号：ISBN 978-7-205-10487-0

定　　　价：58.00 元

代序

让学校成为师生的精神港湾

在后疫情时代,学校的办学视域应该是面向未来的新格局、新生态,校长的办学理想应该是面向未来的新境界、新样态。在这样特殊的时代,学校不仅是师生心灵依归的重要场域,更应该成为师生的精神港湾。

港湾是什么?港湾首先是一种天然的屏障。

港湾本是船舶用以避风、避浪的地方。作为港湾最重要的条件在于它可以让船只安全停泊,这也是它最重要的功能。后疫情时代,生命至上,健康第一。学校要成为学生的港湾,就是让所有来到学校的孩子都可以安全到达成长、成才的目的地。尊重生命,敬畏童年,就要让孩子在学校获得最理所应当的,更要激发孩子与生俱来的天性和潜能,唤醒他们身体中巨大的能量。好问、好学是孩子的天性,好奇心、想象力是孩子的潜能,所谓教育就是把天然、天赐的美好慢慢地、渐渐地牵引出来。

学校就是要成为这样的师生"学习的地方",学习知识、学习成长,因为这是学校的本义。

港湾还是什么?港湾还是一种文明的强大。

随着人类社会的发展,原来不具备自然优势的港湾会被人类利用,通过人力的拓展和加深,开发成为真正利于生产、生活的港湾。而在教育领域,学校教育促进了文明的创新与进步。后疫情时代,学校也要成为"港湾",也就是说学校要成为可以容错的地方,为所有孩子提供改变、创新、发展的空间,成为所有孩子提升自己的最好舞台,进而成就每一个孩子自身的强大。习近平总书记指出,"要大力弘扬科学家精神,对科学兴趣的引导和培养要从娃娃抓起,使他们更多了解科学知识,掌握科学方法,形成一大批具备科学家潜质的青少年群体"。习近平总书记的这句话指明了一个准确的方向,人才是第一资源。如何培养科技人才,兴趣是最好的老师。而原始创新一般来自假设和猜想,假设和猜想的创新性至关重要。当今世界处于"百年未有之大变局",国际形势复杂多变。特别是具有真正原创核心的"卡脖子"技术竞争日趋激烈,国家急需学校培养一大批敢于质疑、勇于创新的未来人才,这是培育担当中华民族伟大复兴的时代新人的必然要求。

学校就是要成为这样的师生"创新的地方",改变观念,发展创新,因为这是学校的要义。

港湾更是什么?港湾更是人们心灵的故乡。

故乡,就是那个让人心灵慰藉和安顿的地方,因为那里有童年的记忆,那里更是初心与亲情凝聚的出发地。教师是人类灵魂的工程师,教师应该"传承知识、传承真理、传承文明,塑造灵魂、塑造生命、塑造新人"。因此,教师应该有大的格局、高的眼界,秉持立德树人,坚持全面发展,追求五育并举。在学校,德育、智育、体育、美育以及劳动教育是否健全开展,是衡量教育品质和品位的天然尺度,更是儿童物质世界与精神世界和谐发展的核心内涵。因为"个性自由"是"全面发展"的另外一个更为重要的、更具"灵魂"性质的维度,或者说"全面发展"本身就涵括了"个性自由"。只有如此,学校才能成为每一个孩子最自由、最安全、最信任的心灵故乡。

学校就是要成为这样的师生心中"美好的地方",安顿心灵,慰藉成长,因为这正是学校的意义!

根据发表于《中国教育报》2020年10月22日第7版整理而成

目录 Contents

◎ 代　序
1 / 让学校成为师生的精神港湾

◎ 信仰篇
高山仰止，景行行止
虽不能至，心向往之

2 / 不忘初心　方得始终
3 / 厚德载物　丰盈爱国情
5 / 再学《条例》支部工作共分享　引领推动谋跨越
7 / 以优异成绩迎接建党一百周年

◎ 教学篇
我心匪石，不可转也

10 / 大跨越：就藏匿在这样精细的"研磨"中
14 / 高质量：长在课堂变革与教研创新中
16 / 九年一贯通思维　数理探究展新篇
18 / "问学课堂"的再深入尝试
19 / 大变革：在行督课的常态优化中夯实
22 / 重训练：在行督课的精心准备后展示
25 / 建模型：在行督课的高阶思维里"会学"？！
28 / 资源"创生"：在行督课的自问自解中"丰盈"
32 / 敢挑战：在行督课的课程创新中练功
35 / 真问学：在行督课的机制落实中均衡推进

◎ 教研篇
如切如磋，如琢如磨

40 / 新十年：润丰新征程
43 / 精准重点项目研究　培育拔尖创新人才
45 / 凝心追梦　聚力奔跑
47 / 增强课程意识　提升学科素养

49 / 智慧教育融合与应用需要重构定位

51 / 聚焦问题　探索实践

53 / 凝心聚力共奋进　砥砺前行增实效

54 / 理想教育文化视域下的家校"和谐赋能"

57 / 润色和谐寄鸿业　丰盈未来书新篇

62 / 乘势而上"向未来"　再接再厉"新十年"

64 / 标准时代：课堂变革自当"标准为王"

65 / 润丰有大道　教研有大爱

67 / 学习型的教师队伍是跨越发展的必备特征

69 / 竞合时空："大家"是这样炼成的！

71 / 科研年会：新十年"三个高地"的年度盛典

74 / 高质量：新规划与新基建的"两考合一"？

80 / 真学习　真变革　真和谐　真发展

81 / 铸魂健体：我们是共产主义接班人

83 / 百年之歌：在灿烂的阳光下

◎ 师生篇

青青子衿，悠悠我心

86 / 2020 润育生命　非常挚爱　丰泽成长

87 / 迎着挑战，我们向着美好进发

90 / 2020 年，我们的特殊成长

92 / 润丰新十年：还您一个卓越好少年

96 / 风华少年　未来可期

97 / 润丰新十年　新征程的"新基建"

101 / 新十年：做 AI 时代梦想成真的润丰人

105 / 让润丰成为新十年师生的精神港湾

107 / 中国少年　自强不息　从冬奥梦开始

109 / 绽放梦想　共创未来

111 / 夺冠夺冠夺冠！冲刺冲刺冲刺！

114 / 科学分析　精准导航　实现"润丰梦"

116 / 智慧勤奋　实现梦想

118 / 导航期末　赢在未来

120 / 向着美好的新十年我们阔步前进

125 / 团结协作抓质量　追赶超越提成绩

129 / 析期末考试知教学得失　谋因材施教寻育人策略

131 / 乘风破浪新规划　奋发有为新基建

138 / 自信自主自强　爱问爱学爱用

141 / 百日我宣誓　冲刺新中考

142 / 聚焦目标查不足　科学分析促提升

144 / 思考中学习　问题中提升

◎ 家校篇

投我以木桃，
报之以琼瑶

148 / 历史的天空：将见证2020届的未来奇迹创生？！

150 / 战时状态：梦想会成真

152 / 一种幸运：最美相遇在今朝

153 / 润丰新起航　少年新成长

155 / 青春期的"伟大"与衡水中学的"奇迹"之于润丰"八年级人"的启示

160 /42天：爱拼才会赢

◎ 发表篇

黾勉同心

162 / 教研活动是否需要"课程化"

164 / 教育未来：超客·超元·创客

167 / "超客·超元·创客"的实现方式

169 / AI 时代更要捍卫"学习者主权"

171 / 美国课程考察的启示

173 / 一石一世界

174 / 教育永远是美的相遇

175 / 沐浴和谐阳光　奠基幸福人生

179 / 让孩子把劳动当作"一件创造美好的事"

◎ 媒体篇

他山之石，可以攻玉

182 / 润德七彩少年　丰盈和谐教育

185 / 铭记伟大胜利

186 / 润丰新十年　开启教育"新基建"

189 / 学段贯通促融合　中小携手争跨越

192 / 深耕课堂改革主阵地　打好质量跨越组合拳

195 / 多种形式展示党史学习教育成果

199 / 首都大中小学师生展示"永远跟党走"主题教育活动成果

201 / 党建引领学校发展　谱写立德树人新篇

信仰篇

高山仰止,景行行止
虽不能至,心向往之

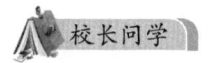 校长问学

不忘初心　方得始终

> ◎背景：2020年7月1日，北京处于新冠肺炎疫情防控的特殊时期。北京市润丰学校以视频的形式召开大会，隆重庆祝中国共产党成立99周年，表彰润丰学校先进党小组、优秀共产党员、优秀学习标兵，激励全校党员干部接续奋斗，在抓好疫情防控、推进学校和谐创新发展、服务人才培养中再建新功。

在中国共产党成立99周年的时刻，我想说八个字，久久为功，久久大成。何为久久为功？在中国古代"九"是最大的数字，它代表着长期积累的结果，经历了长达99年的长期积累，我们的党取得了现在这样的成功。"九"这个数字对于润丰人来说也是意义非凡，我们是九年一贯制的学校，我们跟随着卓立校长的和谐教育开始掀起第一锹土，在卓校长的教育情怀熏陶下，一砖一瓦地建构起了七彩阳光的润丰文化，成为了所有润丰人难以割舍的久远回味。九年，是孩子成长最关键的九年，九年寄托着我们在座及线上全体党员的拼搏，九年磨一剑！2020年是润丰的第十年，各位党员同志，在接下来的日子里，在我们新的合作旅程当中，让我们用智慧和汗水，来迎接我们光辉的成功之年！

在今天这个激动人心的日子里，我还参加了王同志的党员发展大会，从王同志宣读入党申请书开始，经过了入党介绍人的考察、党组织的审查，诸位党员同志的表态，还有我们积极分子的发言，每个过程都让我感受到王同志是一个学习者、研究者，而学习正是作为一名中国共产党员的第一要义，第一属性。只有不断地学习，我们才能够深入地研究，只有在学习研究过程当中，我们才能去创新进步，只有不断地创新进步，我们才能及时适应时代的发展和需要，才能更好地践行一切为了孩子，一切为了明天的润丰和谐教育理念，才能拥有永远蓬勃的热情、永不言败的精神。要相信"是金子，一定闪光，是金子，必定闪光，是金子，永远闪光"！

不忘初心，方得始终，润丰勇先前！润丰永向前！

——节选自学校庆祝中国共产党成立99周年表彰大会上的讲话

信仰篇

厚德载物　丰盈爱国情

> ◎ **背景**：2020 年 11 月 25 日，润丰学校所有行政干部、思政学科教师及班主任代表齐聚一堂，特邀原中央教育科学研究所德育研究中心兼职教研员、特级教师徐安德作为指导嘉宾，参加中共北京市润丰学校党总支举办的学习解读习总书记思政课教师座谈会重要讲话精神研讨会。

总书记为一个学科开座谈会，这开创了历史先河。这次座谈会赋予思政教师和学校干部重大责任和历史重担，赋予他们国家的未来。今天，在我们学校的研讨会上，从徐书记身上，我们看到了立德树人根本任务的落实，赋予我们所有思政课教师崭新的时代思考。所有教师，尤其是思政课教师，要把习总书记的讲话精神注入自己的灵魂中，与学校的育人目标，尤其是与拔尖创新人才战略深度融合，与提升学校的教育教学质量紧密结合。今天的学习，是党建的学习，也是学科的学习，更是为学生未来发展的学习。我们要思考，未来的思政课如何与其他德育课程配合，如何让拔尖创新人才脱颖而出。

上好思政课对教育而言非常关键，是德智体美劳全面育人的重中之重，其本质是人才争夺战，是为中国特色社会主义建设事业争夺优秀人才的教育战略。上好思政课的关键是坚持"灵活机动、与时俱进、整合资源、综合育人"的基本原则。思政课教师要对马克思主义原理、毛泽东思想和邓小平文选等重要内容进行认真学习、深刻领悟。每个教师要读原著、悟原理，在教学实践中多积累教学经验。先育己、修己也，使自己有资格、有能力去释疑学生在世界观、人生观与价值观之惑，为学生提供丰富的思政课"营养"，让学生喜欢思政课、爱听思政教师上课。刚才徐书记根据自己的从教经历，展示了自己从手写教学反思到积累科研成果的特级教师成长历程，教育所有的教师要走"学习、实践、科研"的名师成才之路，要认识到自己的差距，与时俱进，让思政课充满情感，使学生在情感中成长。在思政课上厚植爱国主义情怀，把"爱国情、强国志、报国行"自觉融入自己的日常行为与课堂实践中，

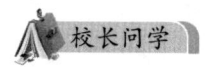

让思政课堂成为培养中国特色社会主义事业接班人的坚强阵地。坚持和发展建设社会主义现代化强国，为实现中华民族伟大复兴不懈奋斗。

——节选自学校学习解读习总书记思政课教师座谈会重要讲话精神研讨会上的讲话

再学《条例》支部工作共分享
引领推动谋跨越

> ◎背景：2020年12月16日，为全面提升党支部组织力、强化党支部政治功能，北京市润丰学校党总支委员会召开扩大会议，进一步学习《中国共产党支部工作条例》，对标对表，小结年度工作，凝练经验，梳理问题，提出改进思路与措施。

抓好党支部、党小组的建设，突出支委干部"关键少数"是非常必要的，我对王书记的认识非常有同感。学校党总支对学校发展起着引领和推动的作用。引领作用具体体现在对学校新十年的质量跨越式发展的全新定位。推动作用体现在团结带动全体党员教师立足岗位，潜心育人，为学校快速、卓越发展增添力量。努力做到为党育人，培养中国特色社会主义建设者和接班人；为国育才，为实现科技自立自强培养创新型人才。在发挥引领作用的过程中，全校上下要树立九年一贯制意识，就是一切为了新高考，一切为了培养担当中华民族复兴大任的时代新人。在发挥推动作用的过程中，支部就是旗帜，党员就是旗手，要敢担当，争先锋，做模范。在近期的行督课等教研工作中，很多党员都在充分发挥示范作用，率先做研究课，积极行动，不断地进步发展。作为党员干部，要敢于斗争，对不利于学校和谐发展、不利于新十年质量跨越提升的言行要敢于批评与自我批评，要慎言慎行，努力发挥正向引领作用。聚焦新十年的发展改革，党员干部要有态度、有行动。在一个个项目推进中历练队伍，带领党员教师攻坚克难，实现新的突破、新的发展。党政同心、共谋发展，我一定会全力支持党总支和各支部的工作，近期将以讲党课的形式与全体党员交流学习实践心得。

在喜迎建党百年之际，我们将组织大家前往革命圣地——中国共产党"进京赶考"的第一站——红色香山，参观香山革命纪念馆，亲身感受我们党百年峥嵘岁月的光荣历史，缅怀毛泽东等构筑新中国"四梁八柱"丰功伟绩的开国领袖们，

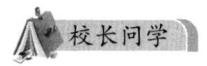

重温入党誓词，坚定"永远跟党走"的信念决心，不忘初心，牢记使命，常怀决心，勇敢拼搏，为润丰新十年发展励志领航！

  支部就是旗帜，就是堡垒。润丰学校抓好党支部建设，发挥党支部作用，深入贯彻党的十九届五中全会精神、切实履行全面从严治党的职责使命，不折不扣落实党中央决策部署，在服务大局中坚定政治方向，在聚焦中国共产党支部工作条例中把握职责定位。润丰学校全体党员同心协力，充分发挥党员带头作用、骨干作用、桥梁作用，把支部建设得更加坚强牢固，带领润丰全体教职员工更好地服务学生全面发展。

——节选自学校党总支委员会扩大会上的讲话

信仰篇

以优异成绩迎接建党一百周年

> ◎**背景**：2021年4月6日，北京市润丰学校召开党史学习教育动员会，传达中央、市、区教育系统党史学习教育动员会的会议精神，对学校党史学习教育进行动员部署。朝阳区教育系统党史学习教育第五巡回指导组金花书记和孟夏校长参与会议。

我们党是"学习型、服务型、创新型"的马克思主义的政党，这是我们长期执政为民、担当中华民族复兴大业的力量源泉。在建党百年之际，全党开展党史学习教育正逢其时，恰在其理，润丰学校的党员干部教师要抓住机遇，务实推进，努力做到如下三点：

第一，党史学习贵在认识。这是因为"百年恰是风华正茂"，需要我们提高学习领悟力，进一步增强历史责任感。要深刻认识中国共产党建党百年的光辉成就，我们的党从一艘小小红船发展为领航中国行稳致远的巍巍巨轮，创造了非凡业绩。我们的党立志于中华民族千秋伟业，始终秉持初心使命，始终保持勃勃生机，党的力量空前壮大，党的事业空前发展。党史学习教育就是要从百年大党仍然风华正茂的根源和机理中，把"学党史，悟思想，办实事，开新局"的学习要旨学深悟透，融会贯通，从而服务办学实践。

第二，党史学习贵在传承。这是因为"党史恰是百年财富"，需要我们提高学习敏锐力，进一步增强时代紧迫感。党史百年寄托着中国共产党人的初心和使命，铸就了中华儿女心中永不褪色的精神丰碑，是引领我们奋进新时代的宝贵精神财富，这笔财富我们取之不竭、用之不尽，要格外敏锐，倍加珍惜。只有传承好、发扬好，才能坚定不移地实现"四个自信"，才能在青少年学生"永远跟党走"教育活动中做到，教育学生树立远大理想，用春风化雨般的浸润方式实现红色基因的代代相传。

第三，党史学习贵在行动。这是因为"学习恰是最大赋能"，需要我们提高学习执行力，进一步增强未来使命感。立德树人的育人行动是我们教育工作者最

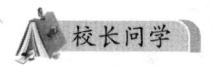

大的学习赋能，我们肩负着为党育人、为国育才的责任使命，要把"学史明理、学史增信、学史崇德、学史力行"的党史学习教育要求落到实处，全体党员干部要围绕学校党总支提出的党史学习教育"五项重要工作"，以"我为群众办实事"为载体，立足岗位创优，做到"规定动作不走样，自选动作创特色"，坚定信念，贵在践行，为润丰新十年高质量发展的开局之年引航定向，实践建构，跨越提升，再创辉煌！

全体润丰人要有"学史明理、学史增信、学史崇德、学史力行"的热情，提振士气，鼓舞干劲，以更加昂扬的姿态奋力开启教育高质量发展新局面！

——节选自学校党史学习动员会上的讲话

教学篇

我心匪石,不可转也

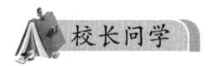 校长问学

大跨越：就藏匿在这样精细的"研磨"中

> ◎背景：听评课是学校非常重要的常规教研活动之一，北京市润丰学校每周组织一次，众人齐聚共同听评一节课的"行督课"，一直都是润丰教师提升自我专业发展，提高课堂教学质量和效率的好机会。2020年新学年伊始，在特级教师张义宝校长的带领和指导下，要求全员参与行督课，包括全体教师，学校各位领导，其他各大学部、研究院的牵头人以及感兴趣的所有教师，大家齐聚一堂，畅所欲言，将听评课活动真真切切地落到了实处，以明确的要求作为指导，站在听课人的角度和认知去评价讲课者的课堂，把听评课重点放在课堂发生的事件上，放在学生的变化上，放在听课人的反思上，更加客观、准确，符合教师的成长需要，同时也形成了更加专业的润丰听评课规则。

在座的各位，今天都是督导员，大家觉得应该如何进行课堂教学点评呢？第一，你点不点评？点评是一种选择。第二，你怎么点评？点评实在、到位是一种态度。第三，你如何点评？点评有主题、有引导、有目标是一种能力。

我们应该如何在每一堂课上发掘和培养拔尖创新人才呢？注重课堂问题的设计，每一堂课都要有三层问题，每一堂课都要产生本堂课的"明星"，瞬间"点爆"本堂课，形成一堂课的高潮。然后在这之后的每一堂课，一直推动这个孩子前进，专注好习惯21天，孩子就会与众不同，脱颖而出。注重教学的"精、宽、深"，聚焦主题"通"，发挥贯通的优势，细致地对学生进行"查、强、补"环节（基于前沿查漏缺，基于问题强弱项，基于需求补短板），聚焦学科核心素养和高阶思维品质，从贯通研究的关键处、链接点、生长点、增长点着力，才能培养出急需的拔尖创新人才，才能实现"人人都有创新点、人人皆成拔尖者"的理想愿景。

我们一定要有"三新"建构：

一、新主题

高质量的提升，课堂必须变革。只有变革才能产生变化。我们需要持续关注

学科的研究点，关注拔尖创新人才的培养，关注学科关键能力的培养与提升。

二、新方式

确立"以问导学，先学后教"的模式，并与创新合作的学习模式相结合。每一堂课在确定了主线和主问题之后，就要开始寻找这堂课可能会出现的疑问导学点、合作学习点，将它们进行提前预设。

三、新机制

建立更加系统有效，针对性与指导性更强的督导课体系。

（一）先行确立主题

（二）集中研讨方案

（三）试讲完善模块（多轮次，小细节）

（四）行督集中展示

（五）学部提升建模

之所以邀请各学部都来参与，就是要共同学习模式。语文大学部开了一个好头，想要培养出拔尖创新的学生，必须先培养出拔尖创新的老师。要成为拔尖创新的教师，除了基本功以外，更要敢想敢做，冲击高水准，形成梯形结构，继而进化为 A 型结构。

（六）成果推广模式

（七）主题教研再创

以上七步即为一个闭环结构，并形成一个"一课多部、共研共评、共探共建、共赢共享"的"行督课"新模式，保障"提高覆盖面，变革同频率，效益最大化"，最终促进学科教研校本建设的高质量发展。

高质量生长是在课堂变革和教研创新中产生的，关于今天的"行督课"是第二次了，我主要从"2+2+10"几方面来点评：

一、两个"了"

上了"大台阶"——"研磨"起来了，聚焦团队的力量，从"单打独斗"到"团体作战"，体现了校本教研的精髓，同时也在于"行督课"内涵的精深和外延的拓展；

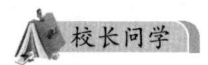

有了"大进步"——具体两点:"问"来了,当然还要继续训练提问,教会学生提问;"合"起来了,小组合作,彼此成为对方的学习小助手,所有课堂上具有思维含量的问题都可以通过小组合作的方式去解决、去达成。

二、两个"建"

(一)建构"大问题"

为什么要聚焦"以问导学"?因为国家需要具有创新思维的人才,要培养这样的人才,就要从娃娃抓起。学问学问,就要学会提问,学问是问出来的,习总书记在全教会指出"要做到心无旁骛,求知问学",这是教育教学目的的新导向和评价新标准,这是国家急需的拔尖创新人才培养的必然表征。那怎样落实"问学"理念呢?

问是"教"出来的。问是天赐给孩子们的天性,但是很多孩子不敢问、不想问、不会问、不善问,更不会解决自己提的问题,这是因为"提问权"长期以来被霸住了,急需"还"给学生。所以我们要训练提问,教会学生如何提问,给学生树立"敢提问的是好孩子"的概念。

问是"问"出来的——有三层次的"问","问"是什么、"问"怎么办、"问"为什么。

问是"标"出来的——这个"标"指的是"目标"。所有的问题都是为达成目标服务的,要确定目标是否清晰可测、可反馈、可传递,确定谁是主问题、大问题。

(二)建构"大流程"

为什么要建构大流程?这个流程是在原有"行督课"的基础上产生的,是一种"常规不常规,常态不常态"的典型案例,"行督课"的形式非常好,让我们在课的研磨过程中,改变教研方式,改变管理方式,提升服务水平。

基于对"行督课"的"扬长补短",我在这里,结合两次"行督课"的实践展示,提出十个追问,供大家提升再完善、形成新机制:

1. 听评课是否应规整管理的办法?
2. 研磨课是否要研讨出具体的流程?

3. 怎么解决因各种原因，部长听不到课、听不全课等问题？

4. 跨学科听评课的方式怎样落地？

5. 如何继续扩大行督课的覆盖面？假如同时并开两场课的话，应该怎么设计？

6. 作为点评人，如何提升点评水平，如何体现拔尖创新要义，要善评会评、高评优评？

7. 如何更加精准的来服务教师？

8. 如何更好地保留我们的成果，让成果痕迹化、过程化，也更好地内化和外化？

9. 各学部的行督课主题如何提前确定，提前多长时间启动？提高覆盖面，变革同频率，效益最大化如何体现？

10. 如何尽快整理出推进"行督课"的大学部、年级组、教研组关于贯通研究的协同实施评价方案？

"眼界决定境界，态度决定高度，思路决定出路，实力决定魅力"，"行督课"只有在这样的精细研磨当中，我们才能丰实自己的理论，深化教育教学方法与技巧的改进，我们应不忘立德树人初心，牢记为党育人、为国育才之使命，深耕"课堂革命"，用精益求精的精神，践行"做提升教育质量跨越者"的责任担当和庄严承诺！

——节选自学校行督课初设计时的讲话

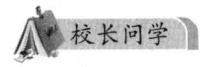
校长问学

高质量：长在课堂变革与教研创新中

> ◎**背景**：行政督导课是润丰学校促进课堂教学的一项传统督课机制，而2020年的行督课与往年有所不同，这是学校成立大学部进行贯通式教学研究以来的第一次行督课，可以说这是暑假以来语文大学部全体教师在贯通教学上进行不断学习、思索、研讨、探究后的第一次展示。本次语文大学部选择展示的内容是"思乡"主题的古诗贯通教学。学校全体行政领导班子成员全程参与听课，并在听课后进行了细致点评。全体语文教师认真观摩，为古诗贯通教学研究新思路，启用新方法。

与以往相比，本学期的行政督导课模式发生了很大变化。上课前，语文大学部进行了集体备课，确定了中小学贯通的主题、形式、内容，在反复的试讲、调案中不断研磨、修改，最终呈现集体备课的成果。今天听了两位教师的课之后，我认为在新的行政督导课模式下，语文大学部的教研更加深入了，衔接更加紧密了，在反复磨课的过程中，中小学教师们彼此成就，彼此借鉴，取人之长，补己之短。我有三点想法与大家共勉：

第一，聚焦一个主题——"通"。两节古诗教学课体现了中小学教学的贯通。贯通不仅是教学内容的通，还包括学科知识、教学方法、学法等多个方面，要充分发扬中小学贯通的优势。基于前沿查漏洞，基于问题强弱项，基于需求补短板，真正实现从"扬长避短"向"扬长补短"的转变。

第二，彰显两大特色——"问"和"异"。陈燕老师在上课伊始让学生提出问题，这节课上解决的就是学生的问题。教师要充分鼓励、赞赏孩子的提问，逐渐培养学生敢于提问、善于提问，并围绕解决问题来学习。"异"主要体现在中学吴老师的授课中，两首诗同中求异、异中求同，这是学问的本质，也是重要的学习方法，更是思辨能力的培养。如果说陈老师的教学从一个"绿"教出了一组"绿"，从一个"月"教出了一组"月"，是举一反三，让学生把知识学宽了；那吴老师的比较教学实际上是教会学生举三反一，让学生把知识学深了。贯通教学就是要追求教学上的"精、宽、深"。

第三，突出三点建构——三"新"。首先，是新主题，要高质量提升，就必须要变革。我们需要继续关注学科的研究点，关注拔尖创新人才的培养，关注学科关键能力的培养。其次，是新方式，确定以问导学、先学后教的模式，还要兼顾创新合作学习的模式。最后，是新机制，行督课要形成"先行确定主题—集体研讨方案—试讲完善模块—行督集中展示—学部提升建模—成果推广模式—主题教研再创"的"教研探索、磨课建模、成果推广"的闭环模式，建构"x+a 和 y+b"的"一科多部，共研共评，共建共享"的行督课新机制，着力"提高覆盖面，变革同频率，效益最大化"的重点目标达成，促进学科教研校本建设高质量发展。

希望本学期语文大学部继续将古诗教学作为对象，开展中小学语文学科十年四段贯通探究，以古诗为抓手，在理念、教法、学法、评价等方面进行课堂实践探究，培养具有国学底蕴、国家情怀的拔尖创新人才。这次的行督课只是打响了语文贯通教学探索的第一枪，相信在学校行政班子成员的亲临指导和督教促教下，在教师们的协作教研和精进探索中，语文大学部必然会乘风破浪，一往无前！

——节选自学校新学期语文大学部行政督导课后的讲话

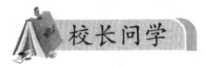 校长问学

九年一贯通思维　数理探究展新篇

◎**背景**：继语文大学部的"古诗教学研贯通　国学底蕴创人才"的行督系列课后，数学大学部继续以贯通为主题，将数学学科如何实现九年贯通进行了探索，并以行督课形式进行展示研究。

本次"行督课"研究的是在数学学科中关于符号意识和数感培养的贯通问题。小学阶段的学生因为是第一次接触用字母表示数，因此教学设计就从学生熟悉的身边事物入手，由简单到复杂，逐渐让学生发现规律，并进行进一步学习；而中学阶段，已经对字母表示数有了一定的认识，再发展符号意识和数感，就要在观察的基础上深度思考，用所学知识前后联系，以旧知乘方的意义入手，来自然地得出新知同底数幂的乘法法则。可以说，学段不同，设计的方式也不同，但是都遵循了因材施教，注意学科素养的形成。

我有七点想法与大家分享：

第一，无论中学还是小学，每节课要学生掌握的概念、定理、公式等，当堂课就要会读、会背、会用，教师要创造一切条件让学生当堂落实；

第二，在课堂上要善于利用小组合作来辅助教师完成教学任务，突出重点，突破难点。在小组合作中，两人合作可以解决基础问题，四人合作可以解决深度思考问题，但是无论哪种合作，学生必须先有思考才能交流，教师要挖掘方式方法；

第三，课堂反馈要及时，手段要多样。在魏老师的课堂上能够利用信息技术，及时呈现学生的任务单，展示学生思维发展状态是非常好的做法。今后的课堂，教师也必须注意用多种方式来呈现思维过程，并及时给予评价和反馈；

第四，要有课堂笔记本和集错本。许多优秀学生都有详细的笔记和针对自己错误的集错本，定期反思和复习，能起到非常好的效果；

第五，要在课堂上对拔尖创新人才培养设计具有梯度的问题、练习和习题，

并注意作业分层。课堂上要有意培养拔尖创新人才的学生回答适合他思维发展的问题，并精心设计作业，体现分层；

第六，要善于借助思维导图来完成对学生的高阶思维培养。思维导图能帮助学生梳理知识的框架和联系，能锻炼学生深度思考，制作思维导图的过程就是对知识进行归纳总结和提升的过程，教师的板书是一个思维导图就能更好地帮助学生完成学习；

第七，今天的两节课在"问学"方面做的还不够，两位教师对激发学生提出问题、分析问题和解决问题的设计还不够。要在课堂上激发学生真正参与课堂，思维有深度地学习，提出新的问题，然后教师引导学生去解决问题。希望在今后的课堂上要多做"问学"，没有新问题的课堂不是理想课堂。

讨论虽然结束，但是话题永无止境，无论数学学部的教师，还是其他学部的教师，希望大家都能在"行督课"的崭新机制下奋力前行，为润丰新十年的发展而努力，期待下一次行督课看到大家的提升！

——节选自学校新学期数学大学部行政督导课后的讲话

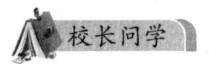 校长问学

"问学课堂"的再深入尝试

> ◎背景：2020年11月13日，北京市润丰学校数学大学部在之前行督课对"培养拔尖创新人才问学课堂"模式探究的基础上，再次完成了一节行督课"实际问题与一元一次方程——积分表问题"。本节课由数学大学部六、七年级学段付长虹教师讲授。

在本节课上，付老师对"问学"教学行为做了新的大胆尝试，并在前两节行督课关注培养数感、符号感的基础上，重点培养了学生的方程建模思想。

提问，是创新之源，培养学生的问题能力，可以分三个阶段：敢问、想问；善提、会提；自解、自问。教师们一定要对能提出问题的学生大力表扬、鼓励，让他们更乐于思考、发问，可以让学生提出多个问题，然后从中筛选出较好的问题来解决，让学生逐步体会到什么是好问题，从而更加会提问。如果学生能够自己解答提出的问题，那就达到更高的水平了。

小组合作学习，应该有更清晰的活动方案，可以把活动流程、任务分配，清晰地呈现在PPT上，使小组合作学习更有效。创新的活水，是能提出问题，当然，不能只提有答案的问题，要会提开放性的问题，培养学生能提出论点、论据，给予学生方法指导，这样的课堂会"问"多了，"话"多了，"真"多了！

要培养学生问学能力的五个"学会"：学会提问，学会自学，学会反馈，学会反思，学会检测。

本节课还有一个亮点，那就是贯穿整个课堂的思维导图，思维导图体现了知识的内在逻辑，是对学科思维的导引，促进学生思维的深化，体现学科的本质。若只用"听讲"的方式，学生只能记住5%，用眼、耳、手、脑多种感官学习，能记住75%，而把知识清楚地讲给别人听，则会记住90%，可见问学课堂、小组合作学习的重要性。

问学课堂，是激起智慧的浪花，是提升学生能力素养的加油站，是对传统课堂的传承，也是对它的突破。问题是创新之源，是创意之活水，要落实在课堂上，教师要实干、巧干、会干！

——节选自学校数学大学部部长付长虹老师行督课后的讲话

大变革：在行督课的常态优化中夯实

> ◎背景：北京市润丰学校2020—2021年第二学期伊始的行政督导课在英语大学部冯一琦老师和金懿老师的精彩展示中拉开了帷幕。本次英语大学部选择展示的课程均是基于主题，创设贴近学生生活的真实情境，引导学生进行学习并将所学知识进行应用。学校全体行政领导班子成员以及各学部的部长全程参与听课，并在听课后进行了细致点评。英语教师们积极参与两位教师前期的课程试讲，并进行认真观摩，为后续的教学学习新方法，研究新思路。

我特别感谢中学部和小学部两个团队在课堂变革前期做出的努力，我也特别肯定中学部教师在之前的区级视导活动中取得的可喜成绩，我认为这次视导课之所以如此成功是因为大家认识到了试讲的重要性，即使是准备再充分的课也必须要试讲。在试讲之前，大家都能够基于标准的"4+2"进行备课，关注重点的四项指标及校本提出的两项指标。特别值得一提的是教师们还积极探索分层教学模式。这些都是特别值得大家学习和继续使用的好方法。

我特别建议咱们英语组的所有教师再次深入地去学习《课堂教学评价标准》，例如：根据不同目标、内容和学生特点，科学合理地组织学生开展发现学习、自主学习、合作学习等多种学习方式。我建议大家在设计小组活动时，至少要设计1—2个PPT，这是关于小组合作的建议。原则上有3—4条：我们学什么，什么问题；活动流程，先干什么，再干什么，最后干什么；小组职责怎么分工；提出具体要求。教师们可以将重点内容设计成小组活动，因为难点问题更适合进行小组活动。我特别鼓励教师们将组际竞争形成常态，将生生评价、组际评价、相互挑战，形成效应。在此还要提醒大家一点，就是在合作学习之前一定要给学生铺垫与独立思考的时间。

我认为英语大学部作为新学期的第一次行督课体现了新学期"用新规划引领高质量发展，用新变革夯实高水平治理"的工作主题。行督课的目的就是把教

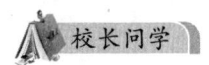

师教学创新亮点和好方法通过研究展示出来,并推广到更多教师的常态课堂中去。英语大学部的这两节课聚焦主题、风格趋同,有三大亮点:运用思维导图,设计分层训练,践行问学理念。在教学目标的制定上,更加体现我们课堂评价标准的第三个维度,即目标可观察、目标可操作、目标可检测以及目标具体化。两节课均设计了课堂上的限时检测,渗透给学生对于时间的把控,具有非常好的效率意识。

总体而言,第一次的行督课具有两大特点:

一、开了好头。虽然是刚开学,但英语大学部在孙校长及部长组长等的统筹下,能按照行督课新四八环节流程,聚焦主题,前研有序,今天两节课堂现场,教学效果优良。

二、开了先河。主要体现在"1+3"研讨方面有突破,今天现场评课有观点、说真话、有互动、敢辩论。干部点评和教师点评有水平,上课教师和听课教师之间有交锋、善追问,这是很大的创新突破,这是课题化的真教研,值得大力提倡和推广。

基于数据与数字的视角,希望大家围绕"四个聚焦",力求"四个突破"。

一、聚焦标准 1/(4+X),力求新授课小课题研究的"难点"突破。基于 1/(4+X) 的 16 条区域课堂评价标准,立足课堂的效率及效益的提升,达成每节课堂教学的高质量。要启动本学期的新一轮教学小课题申报,需要教师全员参与深度研究。

二、聚焦流程"四八"环节,力求行督课全流程的"贯通"突破。四个阶段分别是:前研阶段、展示阶段、后研阶段、推广阶段。"前研"即进行充分的准备,做好学情调研,根据学情进行教学设计的不断调整和变化。"展示"则体现在课堂的师生互动、学习过程以及精神面貌当中,同时还体现在"1+3"精准细致的评课制度当中。如何把创新课堂中的精彩之处应用到更多常态课的优化当中,就是"后研"和"推广"这两个阶段要重点进行研究的内容。

三、聚焦问学"331",力求问学课堂问学点的"设计"突破。问学课堂"331"则需要进行更细致的解读。第一个"3"是课堂中的"三问",分别设计在课堂的伊始、新知识学习结束后以及课堂结束前。新课开始时,对本节课教学内容或课题进行直接提问，引导学生关注"想研究什么？想知道什么？"等问题。新知识学习后，则引导学生对于知识的困惑之处进行提问，然后引导同学互助解决。课堂结束前，则更加关注有独特思维以及创新思维的学生，针对课堂和知识的内容进行提问，"你还有什么新问题、新发现？"不必解决，让学生带着问题走出课堂，形成课堂间问题闭环。第二个"3"和"1"则是教授学生在课堂上进行独立学习、合作学习和竞争学习，最后则指向创新学习，这样的依次推进，循环往复，才是一个完整的"3+1"学习方式，才形成了真正的自主学习。而这个"自主学习"的问学课堂是以问学为导向的，即"以问导学，启问导标，问题解决"。要以学生为主题的问题为导向，围绕学生的问题进行学习。教师的问题如何转化为学生要学的目标是重点。"1"则是通过上述的"331"，有的放矢地进行变革，就是需要我们大胆实践，探索建构，务必夯实，才能实现教学设计的实践突破。

四、聚焦数据"1+1"，力求数据分析精准化的"效益"突破。今天两节课的备课设计上都有学情分析，并且是数据化的分析。课堂结束前都有限时检测训练安排。我们要大力推广这种数据分析的"1+1"模式。前一个"1"是指课前的学情分析，用数据精准的进行学情分析，从而能够设计更符合要求的教学活动和可观测的目标任务。后一个"1"则是指在课堂的结尾处要有限时检测或限时作业，在常态教学课堂上，既能传统"双基双能"的保底落地，又能促进"新两基、新两能"的拔尖创新人才的培养，精准化、个性化、差异化的培养策略才能常态夯实。

希望本学期英语大学部都继续以上述聚焦的方向和要求开展中小学英语学科十年四段贯通探究，将优秀的、创新的教学模式和活动任务由点到面地推广到常态课中，相信在学校行政班子的亲临指导和督教促教下，在教师们的协作教研和精进探索中，英语大学部一定有更好的发展！

——节选自学校英语大学部行政督导课后的点评

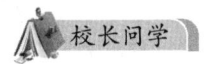
校长问学

重训练：在行督课的精心准备后展示

> ◎**背景**：春光三月，文综大学部迎来了第一次行督课精彩展示。小学部张倩老师展示了一节题为《我是独特的》的三年级道德法治课，中学部崔文雯老师展示了一节题为《情绪的管理》的七年级道德法治课。

我们每周一次行督课的准备点就是要抓住主题，围绕主题进行行动研究，主题聚焦了之后，再想怎么解决的问题，这个就是方法，要通过训练的办法来解决。今天，我主要从围绕"主题"抓"行督"、重视"训练"成"常规"两大方面对本次行督课进行总评指导。

一、围绕"主题"抓"行督"

主要体现在以下两点：

（一）聚焦主题点，执行力强

今天的这两节课在我们第一次提出的"四个聚焦，四个突破"上有突出表现：聚焦标准1/（4+X），力求新授课小课题研究的"难点"突破，如聚焦了自主学习方式、思维导图式教学板书设计生成、高阶思维层级化等方面有突破；聚焦流程"四八"环节，力求行督课全流程的"贯通"突破，如前研、展示环节的继续，后研、推广环节的建模的突破；聚焦问学"331"，力求问学课堂问学点的"设计"突破，如课初、课中、课尾学生提问设计等方面实践突破；聚焦数据"1+1"，力求数据分析精准化的"效益"突破，如备课学情分析中数据分析的继续，小组活动和作业检测的限时等方面的运用突破。

（二）突破"精进点"，行动力快

精进了行督"服务"，如设计好行督课日程安排表并提前一天下发，现场签到；精进了问学"三处"，如张老师和崔老师的课初、课中、课尾都设计了学生自主提问；精进了点评"呼应"，如今天的干部代表刘曦的点评与两位老师及学部长、教研组长之间的点评互动，既有提前的备课试讲介入，又有今天课堂现场生成要素的发现聚焦；精进了日常"训练"，如"鼓励阵阵"方面，张老师课上有五处自发掌声，崔老师有两次全班领掌。再如"高效率"方面的"限时训练"也看出了张老师和崔老师平时常态课及备课试讲磨课过程中的新的常规训练有素，才有今天课上的自然生成。

二、重视"训练"成"常规"

行督课的目的就是把教师教学创新亮点和好方法通过研究展示，推广到更多教师的常态课堂中去。今天两节课的精彩展示，是在基础知识和基本技能扎实的基础上形成的高阶思维能力，学生的表达也体现出了教师平常对学生的训练，体现了中小学衔接的贯通培养。接下来，我就今天的行督课的亮点推广和下一阶段的努力方面做一下引领，还是从数字数据视角来说，主要体现在以下四点：

（一）问学课堂"十六字"课堂景观的常规训练

我们的问学课堂要通过常规训练，努力形成一种"问题多多、议论纷纷、书声琅琅、鼓励阵阵"的"十六字"课堂景观状态，让课堂成为孩子每天最想去的地方。今天的课堂上，我听到了很多次的掌声，而且最精彩的就是全班同学不由自主的掌声！这个是很难得的，这就叫"神来之笔"。课堂就要期待这样的生成，生成总比预设更精彩。教师要抓住课堂的资源，制造"神奇"，这就叫鼓励阵阵。这样训练，不是一日之功，每节课真实训练，夯实基础，提升能力，才能在行督课上绽放难以预约的精彩！这是真正有活力的问学课堂。

（二）问学课堂"3+1=1"自主演绎的常规训练

问学课堂的本质是一种自主学习，自主学习应该是"3+1=1"流程的逻辑演绎，即"3"是指"独立学习（个体的）、合作学习（组内的）、竞争学习（组际的）"，第一个"1"是指"创新学习"（目标），第二个"1"是指"自主学习"。每节课设计学生的自主学习要先从独立学习开始，接着是合作学习，然后进入竞争学习，最后才能达到创新学习阶段，只有达到"创新学习"境界才能进入新一轮的"以问导学"，再一次次的循环往复，螺旋上升，这样的"3+1"学习流程的自然演绎，才是自主学习的逻辑建构，也是问学课程的"学习"意义和"创新"土壤，才能真正的厚积薄发。这就需要大家认真学习感悟，强化流程训练，渐成常规。

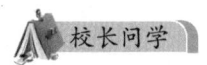

（三）问学课堂"两维"育人要素的常规训练

我们落实立德树人根本任务的主阵地永远是常态的课堂，培养德智体美劳全面发展的接班人和建设者是我们的教育使命，"接班人"和"建设者"就是育人目标的"两维"要素，"接班人"主要体现在"为党育人"，学科育德要落地；"建设者"主要体现在"为国育才"，面向未来，更多是指"拔尖创新人才"，具有原创的核心技术才是创新精神落地的重要强国急需。问题是创新之源泉，问题是创意之活水。新课标的新"四基"和新"四能"也都要求我们在常态课堂上培养学生掌握"基本思想方法、基本生活经验"和"发现问题、提出问题的能力"，找到有效载体，进行训练建构，把"敢问想问、善问会问、自问自解"作为课堂"好学生"的常态评价标准，这也是"问学课堂"的本质要义和价值意义。

（四）问学课堂"三会追问"层级境界的常规训练

基于课堂变革的目标导向、问题导向、结果导向，需要我们积极追寻课堂的教学最高境界，而对于"教会了、学会了、会学了"的自我诊断与评价，也是我们问学课堂倡导的常态自我问询，我们如何达到"会学了"的最高境界，就需要我们在常态的训练中"教会学生学会学习，达到会学"，必须要有学法指导，处理好"鱼、渔、鱼塘"的三者关系，学会得"鱼"，更要学会捕鱼，最可贵的是创生出具有完整生物链的生态"鱼塘"，就能有生生不息、取之不竭、食之不尽的"鱼"啦！也只有这样，才能实现课堂从"他我""自我"，向"无我"最美妙的教学境界嬗变。

上课，总是在变革中开始，在创新中收获，也会在遗憾中反思，也正是这种"成长型思维"的课堂变革，才能助力我们达成更高层次的目标，也将成就我们专业成长与教育幸福！未来的路才刚刚开始，让我们共同研磨、共同期待、共同提高！

——节选自学校文综大学部行政督导课后的点评

建模型：在行督课的高阶思维里"会学"？！

◎**背景**：北京市润丰学校本学期的第三次行政督导课在数学大学部进行，数学大学部的两位教师选择展示的课程是解决问题和算术平方根。这两部分内容的相同之处是都从逆运算的角度出发来认识和应用一个新的运算。运算是数学的"童子功"，也是六大核心素养之一。学校全体行政领导班子以及各学部的部长全程参与听课，并在听课后进行了细致点评。

本次数学大学部的行督课充分展现了"立足学生实际和需求，体现数学本质，发展数学核心素养"学部研究主题，我今天感到特别兴奋和欣慰，主要是我看到了问学课堂进入了"精磨"阶段，学部教研进入了"高阶"层级，难点有突破，重点有进展。具体表现在以下两大方面：

一、"四个聚焦"的突破有成效

（一）聚焦了1/（4+X）的主题

两节课把研究的主题明确地点出来了。

（二）聚焦了"四八"的环节

行督管理流程进一步优化，尤其是后研和建模推广方面均有成果。

（三）聚焦了"331"的要点

问学"三问"，在课初、课中、课尾等处体现的特别好。

（四）聚焦了"1+1"的数据

前研阶段的数据化分析持续体现，两节课的教案都有数据化的学情分析；在课堂检测和课堂作业当中都有限时安排和精准设计，强化了数据化实践机制的落地夯实。

二、"四个重点"的探索有进展

（一）"十六字课堂景观"方面

田老师和苏老师这两节课"问题多多、议论纷纷、书声琅琅、鼓励阵阵"均

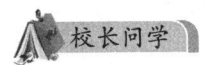

有体现。特别强调,"精彩之处必有掌声"要有意识,要有体现。

(二)"3+1=1"的学习过程方面

"独立学习、合作学习、竞争学习"的先后推进与"创新学习"的渐入佳境,完善了"自主学习"的全链条内涵理解与实践应用。

(三)"三会"的形态追问方面

每节课我们都要让师生自我追问:这节课的学习,是教会了、学会了,还是会学了?用这个追问来评判今天这两节课,我们可以感受到,教师们追求:教会学生学会学习,进而达到会学的意识更强烈了。

(四)"三问"的反馈层级方面

这方面,今天的两节课有了很大进步,探索体现比较充分。我想就如何进行概念新授课的"三问"与如何反馈、如何进行高级思维训练进行一下现场的演示和指导。

1. 当概念出来以后,可以这样问学生:你是如何理解这句话的?这句话是什么意思?对概念进行深化。

2. 自学合作后的反馈可以分为三个层次:你看懂了什么?你从视频中发现了什么?你还有什么疑惑?你还有什么新发现、新体会?这样的问题分别指向基础不同的三层级学生。

3. 数学问题解决的思维训练的语言表达至少有三句话。例如:要求可以买几个地球仪必须知道什么?(必须知道每个地球仪的钱数和一共有的钱数)题目中已经知道什么?(题目中一共有的钱数已经知道,每个地球仪的价格也知道)和以前的问题不同在哪里呢?(出现了三个单价)接着就怎么选择有效信息(条件)进行了数量关系的引用分析和表达。

在行督课如何通过建模型,达到高阶思维实践里追求"会学"的理想状态呢?我们要明确"五个明晰"的五大方面:

一、进一步明晰"一个主题"

以问导学,问题解决,要前后呼应。会问问题,善问问题,是为了孩子的终身发展,为国家培养真正的拔尖创新人才。

二、进一步明晰"两者关系"

语言与思维的关系,语言是思维的外壳,语言表达与思维训练成正比。要会用数学语言进行表达。

三、进一步明晰"三个维度"

高阶思维的三个维度:综合,评价,创造。评价包括教师的评价,生生互评,小组内互评等。创造的第一个标志是用,第二个标志是提出新问题。

四、进一步明晰"四对辩证法"

教会学生学会学习,达到会学,贵在得法,要运用好四条辩证法和相对论:新与旧,同与异,恒与变,联与系。新旧知识的关系,两个知识间的相同点与不同点,变是绝对的,不变是相对的,变和不变是常态。最后的板书和思维导图一定是生成的。

五、进一步明晰"五处发问"

问学课堂贵在启问导标,贵在教会学生学会提问。可以在这五处训练发问:问题从课题中来,问题从情境中来,问题从生活中来,问题从需要中来,问题从冲突中来。

希望本学期数学大学部按照学校的要求继续开展教学创新实践探索建构,将每次行督课的主题落实到课堂教学中,将优秀的教学模式推广到常态课中,在模型建构中,提升高阶思维,激发创新潜能。相信在学校的指导帮助下,在教师的团结合作下,数学大学部的校本教研不止,成果不断!

——节选自学校数学大学部行政督导课后的点评

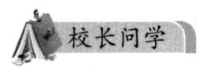

资源"创生":在行督课的自问自解中"丰盈"

> ◎**背景**:课堂教学质量是全面提升教育教学质量的重中之重,全体教师必须明确"向每节课要质量"的质量意识。结合朝阳区新的课堂评价标准的实施及对润丰学校"问学课堂"思想探索的不断深入,英语大学部由中学部燕玉琪和小学部赵昊辰两位教师做了两节行督课。本次行督课中小衔接点定为"真实情境提思维,问学课堂培兴趣"。学校行政领导班子、各学部部长及英语学部所有教师全程参与了听评课活动。

今天我特别激动,我想用"创生"诠释这两节课,创生意味着创造和生成。创生体现了创新精神,这样的生成才能诞生宝贵的资源,这样的"基于行督课机制的研究主题聚焦、课堂模式创新,校本教研管理的问题提出与教研问题解决"就能化蛹成蝶、"样板"迭出,就能自问自解,资源丰盈。

我想用七字箴言来点评两位教师的课堂:

燕老师的课:

启问导标成常规,

思维导图生成化,

自主学习成常态,

课堂评价有标准,

小组合作有组长,

考研飞进常态课,

小组汇报表演中,

板书设计再连线。

赵老师的课：

以问导学成自然，

马蹄小组独立先，

读题审题也限时，

分组竞争有标准，

自问自解全课中，

分层表格精准化，

教学内容拓展化，

方法结果相关联，

发言声音响亮中，

小组竞争积分牌，

小组展示全员化，

问学合一成体系。

我认为这两节课很有亮点，有三点创生非常宝贵：

一、创生"样板"

之所以成"样板"，是因为他们每周行督课的"层层递进"，不仅没有下降，还总是站在"前面"三周行督课的"肩膀"上精进。这里面有两个基于，第一个是基于教材高于教材，第二个是基于教研对接考研，形成了开学以来行督课建构综合效果的一次"样板"，十分宝贵，值得点赞！

二、创生"资源"

只有优质的资源生成才能解决高质量发展，而高质量建设一定要落实在常态课的"资源丰盈"。两节行督课都是在英语教学资源上选择精准又拓展深化，而这恰是高质量课堂教学的必备常态，而且今天这两节课本身就是一次"行督课"经典案例的优质资源生成，十分难得，值得收藏！

三、创生"方式"

先独立学习，接着合作学习，然后竞争学习，达成创新学习，最终成就了"自主学习"的内涵发掘和彰显。"3+1=1"的"学习方式"生成，这个等式才能成立。

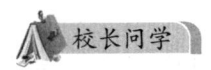

赵老师和燕老师的这两节课，完善的、完美的、和谐的综合为一体，做得相当漂亮。特别是实施小组竞争学习以及生成出来的以"计分牌"为标志的积分方式载体，这种方式的创生既贯彻了它的全员性，也体现了他们磨课实践中个性化探索，精准化创生。

当然，我也有四点建议和意见与大家分享，希望大家今后"扬长补短"。

一、自问自解贵始终

自问自解贯穿其中，贯穿其中有三个点是作为串联的，分别是开始问、中途问、结束问，最重要的是开始问一定要贯穿始终，并在教学中给予回应，形成基于大主题、大问题的"问题链"。在一节课结束之前，给学生留出新问的时间，形成习惯，不必当堂课回答，让学生每节课都带着新问题走出教室，这也是下次课的憧憬与开启闭环设计。

二、竞争学习贵载体

因为竞争学习比较难，发挥学生小组和学生的能动性、主动性，最后当然有个统计系统，竞争学习找到了实施载体，才能公平与激趣，才能课堂赋能。竞争学习最活力、最思辨，因为也会成就课堂高潮，高阶思维激荡才能最漂亮，这是特别需要"扬长"的地方。

三、资源精准贵备课

每一节课的常态当中，要想高质量、高效益、高思维，一定要在备课过程当中精准选择资源。特别是基于新中高考"双研"资源的精准甄别与常态整合应为一节好的常态课的"好教师的基本功"。

四、"五四"实验贵信心

我校是九年一贯制学校，今天上英语课的赵老师是我们中学部的英语教师，来担任六年级下学期的教学工作，是我们的"五四课程"贯通实验的积极尝试，今天的课堂既是赵老师好学精神和优秀学科素养的集中展示，也是英语大学部小学初中教师的智慧演绎的精诚合作成果结晶，为我校的贯通实验提供了很好的实践范例，我们要认真总结和推广，进一步加强专题研究，进行专业顶层设计，集中优势兵力，实施各个击破。从课程整合、师资配备、项目实验、直升生成、方式变革等方面主动作为，大胆尝试，力求点上突破，为学校优质生源的优质成长搭建最新平台，为学校、教师、家长的信心提供保障。

感谢开学以来各个学部及教师们为学校教学质量提升所做的辛勤付出，主动付出，智慧付出，也期待各个学部日后更多的创新、更多的挑战，创生更多的经典"样板"。

——节选自学校英语大学部行政督导课后的点评

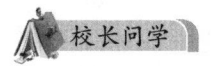 校长问学

敢挑战：在行督课的课程创新中练功

> ◎背景：近日，北京市润丰学校开展了本学期理综大学部第一次行政督导活动，活动的主题是"创设真实情境 发展核心素养"。理综大学部的全体教师、各大学部牵头人、中层以上干部以及其他部分学科教师参加了观摩研讨活动。

理综大学部的两节课很有挑战和创新，我认为主要体现在以下两个方面：

一、展示"吃螃蟹"精神

游老师选择"复习课"这一当前的难点课型，有胆量，有挑战性，精神可嘉。游老师这节课，抓住了"基于真实情境 发展核心素养"这一前沿问题，开展"情景化复习课教学模式"的大胆尝试；闫老师选择了"AI校本课程"这一当前的重点课程，进行首次公开课，有魄力，有探索性，勇气难得。闫老师这节课，聚焦热点，为我校通过特色校本课程培养拔尖创新人才路径的实践尝试开了先河。

二、聚焦"问学点"突破

今天两节课在"问学点"突破上都与学习方式的有效性相关联。游老师的课给了学生充分的自主学习时间，有个体独立学习、组内合作学习、组际竞争学习，体现了"问学课堂"以学生学习为中心的理念，自主学习全要素的综合有序运用，指向创新学习人才培养的目标达成；闫老师的课也重点突出了小组合作学习的运用，让学生开展了充分的"游戏"活动，积极营造"AI意识"，让儿童感觉AI课程并不难，AI学习很有趣，努力体现"让儿童成为人工智能学习的小主人"的AI课程实践理念。同时两节课在分层设计、限时检测等问学点的突破上也体现了有益探索运用。

希望理综大学部的全体教师能够结合今天行督课的实际问题以及下一步努力方向做好"六化"扬补：

一、行督管理机制化

进一步落实"前研—展示—后研—推广"行督课的"四八环节"管理模式。

重点是前研阶段的主题磨课、至少两次试讲、"1+X"的听评课、学部学科的参与率、干部的分管整合力等方面，要务实落地，务求实效，形成机制。

二、点评互评学术化

点评课环节要充分准备，既要有理论高度，也要有实践逻辑；既要优点说足、亮点点准，又要问题看到，建议说到，力避随意性、表面化。提升点评课的学术含量要成为我们行督课的必备品格，提升现场点评课的学术水平要成为行督课的"一道亮丽风景线"。

三、探索实践递进化

基于常态行督课的"问学课堂"探索建构，每次都要有"站在前人肩膀上"的意识和效果，努力做到本次行督课都应是在上一次行督课的经验基础上好的继承、错的改进和新的提升；例如今天的两节课的复习课"限时有余，合作不足"和 AI 课的"游戏有余，问学不够"等优缺点，下一次行督课就要积极地吸纳与改进。

四、研究标准主题化

这次理综学部的展示，聚焦我们校本重点研究主题，关注理科的"真实情景创设与核心素养发展"的研究就很有特点，是一种课堂评价和学科素养"标准化"思维的体现，要继续发扬，其他学部可以借鉴学习。同时，基于"问学课堂"模式实践探索建构，应进一步加强"问学导标"的第一环节的熟悉运用，"独立学习、合作学习、竞争学习、创新学习"学习方式"启合转承"的有序运用，限时训练与当堂检测的预设生成，生生互评与师生多元的多种方式的交错运用，更充分地落实"以问导学、先学后教、以学定教、问题解决"的"问学课堂"的核心理念和基本原则。

五、师生语言生动化

加强教师课堂教学语言的生动性，善用"鼓励阵阵"原则，善于发现学生难以预约的课程生成性的精彩之处，及时鼓励，倾情激励，避免简单重复、枯燥乏味，努力做到师生课堂互动语言"抑扬顿挫，生动活泼，幽默风趣"，以更好地调动学生的学习积极性，让学生"喜欢上你的课"。

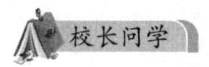

六、两个凡是常态化

"问学课堂"本质上是自主的课堂、和谐的课堂、竞合的课堂,要努力做到"两个凡是",即"凡是学生能说能做的,教师坚决不说不做;凡是学生暂时不会的,教师只提供方式方法建议、有效信息材料资源、学生互动调控支持,要让学生去选择、探究、反思、总结、评价",让学生成为课堂真正的学习的小主人,管理的小主人,创新的小主人!长此以往,形成常态,乐此不疲,自我倒逼,一定成就未来需要的学习型、创新型、复合型的高素养人才。

总之,我认为本次理综大学部充分发挥了行督课的功能,对促进教师合作教研、进一步落实"问学课堂"模式、提升教学实效性等方面都起到了很好的推动作用。

——节选自学校理综大学部行政督导课后的点评

真问学：在行督课的机制落实中均衡推进

> ◎ **背景：** 结合朝阳区新课堂评价标准的实施及对润丰学校"问学课堂"思想探索的不断深入，物理大学部由中学部赵斌和小学部李锋光两位教师做了两节行督课。本次行督课中小衔接点定为"问题解决提思维，问学课堂培兴趣"。学校行政领导班子、各学部部长及物理学部所有教师全程参与了听评课活动。

今天我想从三个方面对物理大学部的行督课进行总评。

一、理清"四八环节"，学部同步发展要落地

什么叫"四八环节"？即"前研—展示—后研—推广"的行督课管理模式。前研阶段我们需要做的首先是学部结合学科的特点进行深入研究，尤其是中小学之间要能够找到一个衔接点来确定研究主题，之后要做的是集体备课，最后则是试讲修改。类似今天这样的展示环节当中的点评，有自评、有他评、有总评等充分的交流。在后研阶段，要结合前两个阶段的教研以及大家提出的建议，回归学部当中去，继续就主题进行更加深入的研究，调整各方面的内容。在整体调整到最佳之后，将学部贯通衔接最好的地方进行推广。我们现在每个学期都会在学部中进行两次行督课，这也就意味着大家务必要在第二次的行督课中展现出第一次行督课中大家所提建议的改进和提升，唯有每次都有所提升，推广的经验模式才能够真正形成。所以，一定要进行深入的整改，整改到位，建立模块，这个模块之后再形成一个新的模块，比如今天这两节课，大家互相补充完善之后，就要形成新的模块，积极推广，在后面的课堂中进行常态落地，落地达到效应之后坚持下来，解决贯通的问题，解决学科质量的问题，解决课堂变革质量提升的问题。如此反复，每一次都站在前一次的肩膀上，就必然会一次比一次更精彩。

学部发展一定要同步落地，同步发展，目前我们的学部之间已经出现了一定的差异性变化。只有更好地发展同步推进、均衡发展，才是最好的，也是最长久的，所以希望教师们一定要务实落地、务求实效、互通有无、共同发展！

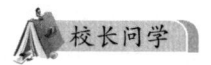

二、理清"启问导标",学生自问自解要落地

我们的问学课堂一定是以问学为导向的,即"以问导学,启问导标,问题解决"。今天这两节课,赵老师的这一节注重了"真实验",李老师的这一节注重"真提问",都是亮点所在,但要避免初期探索阶段时常出现"学而不问"和"问而不学"这两种现象。务必要以学生自己提出的问题为主要导向,围绕学生自己的真实问题进行学习目标确定。所谓"课堂三问"的"问",一定是学生问,而不只是教师问。一个能够提出问题的学生才是真正有能力的好学生,善问会问,自问自解,能够引导学生自己把自己提出的问题解决了,那么你的课堂就是所有课堂当中境界最高的了。学科最核心的要义是什么?就是让学生提出探究的问题,然后假设,按照科学的方法进行研究解决。想要引导学生自己提出问题,又自己去寻找解决的方法很难,但是一旦真正实践下来,学生的课堂配合度就会相当高,课堂越是学生活动化,教师也就越能真正轻松,所以务必要将学生的自问自解环节落到实处。

三、理清"课改价值",学堂育人目标要落地

所有的教育都是为了培养未来实现中华民族伟大复兴的时代新人。这样的"时代新人"要有两个特征,一个是"接班人",这个"接班人"一定是培养社会主义的接班人,而不是别的主义的,这是落实"为谁培养人"的问题,因此立德树人必须为先。另一个是"建设者",这个"建设者"具有现实意义、未来意义,就是国家到底最缺什么样的人才,我们作为教育者就要培养什么人才。目前"卡脖子"问题的本质就是缺乏具有创新精神和能力的拔尖人才,这样的人才首先要有强烈的"问题意识"和"想象力"。教室不是说教灌输的"教堂",而应该是容错、自主的时空,应该回归到"学堂"的本义,"问学课堂"的价值导向是指向育人目标的,课堂变革的意义关乎到要培养"拔尖创新型的人才"来担当社会主义未来建设者的育人目标是否落地。未来中国是要形成一个全链条的育人机制,确保人才评价标准贯通的。习总书记提出的广大教师要不忘立德树人初心,牢记为党育人、为国育人使命的要求,需要我们从每节课做起,也只有从平平常常的每天的每节课做起,才能贯通到未来中国建立世界

一流大学的目标,才能有建立起中国气派的世界一流大学的底气和自信!作为创新之源泉、创意之活水的"问题"——源于学生的自己的问题——体现这样变革理念的"问学课堂",就是我们不能或缺、不能不变的主阵地,我们怎能不践行?怎能不坚持?作为教育者,我们就要带着这样的责任和情怀,去努力,去追求;带着这样的思维和逻辑,去引领我们的团队进行"真研究、深问学",这样才能形成自己前瞻的教育思想和高效的教学体系。我们润丰的真课堂、润丰的真育人、润丰的真发展,一定是和未来国家和民族的需求、发展一致,要从长远目标、当下课改,才能解决高质量的优质、绿色、跨域发展的真问题。

我们每周的行督课就是一个科研的真实现场发生地,就是一个宝贵的研究资源库。因此,我们只有在"如何在行督课的机制落实中均衡推进"的"真问"中,才能清晰地知道我们未来需要的到底是什么,把这个目标搞清楚了,我们再去做规划。规划未来是什么样的,我们需要什么样,现在应该怎么做,这样我们才会优性竞合,和谐成长,我们将注定成为真正的"先行者"和"成功者"!

——节选自学校物理大学部行政督导课后的点评

教研篇

如切如磋，如琢如磨

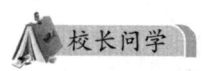 校长问学

新十年：润丰新征程

> ◎**背景**：为落实朝阳教工委"使命在肩 奋斗有我"主题教育工作要求，结合学校实际，总结第一个十年的办学成果，规划第二个十年发展愿景，北京市润丰学校党总支举办润丰学校"新征程·新目标·新发展"党员干部专题学习培训班（扩大）。本次的培训班本着"全员参与认真学习、积极落实突出实效、联系实际践行服务"三大原则，开展集中学习、研讨培训活动，进一步统一思想，凝心聚力，集思广益达成共同发展愿景，不断提升党组织的凝聚力、战斗力，有力推动党员干部提振精气神、展现新作为，用实际行动履行党员义务，发挥"旗手"功能，形成"旗帜"效应。

今天我们将以前熟悉的党员干部培训班的常规性活动做的不常规了，除了内容、时间上的不同以外，我们还从原来只有党员、干部扩大到了整个学科骨干和行后人员之中，甚至还包括还有七天左右就参加中考的九年级学生的教师。为什么要如此安排？这要基于几个哲学追问，我是谁？我在哪里？我要干什么？这里如果把我换成是学校，润丰是谁？润丰现在在哪里？润丰要干什么，或者将来要干什么？追寻着这些问题，也许大家就更能理解"规划"对学校、对个人的深远意义了。

规划是要干什么？其实就是做两件事——总结反思过去，规划现在未来。过去的润丰是在一片稻田里，由一个最空白的起点，经历了十年的风风雨雨成长起来。如果说我们要总结经验、特色和亮点，过去十年值得每一个润丰人骄傲，因为我们做出了成绩。但是，随着教育政策及招生政策的变化，随着教育强区目标的强烈推进，随着区域各类名校、名校长、名师资源的增长，润丰亟须反思困惑，究源归因，面对即将到来的新十年。为此我提出了十点追问：

1. 我们的工作主题如何拟想？——精准的力量

整体设计并明确工作的主题，因为良好的开端等于成功的一半。经过初步调研，我们提出近阶段及新学年的工作主题是"以尊重求稳定，以服务求发展，以

规划求创新,以质量求品牌"。

2. 我们的总结和计划从何入手?——规划的力量

组建规划编制项目的专门团队,集思广益制定形成周密细致的工作方案,并严格落实,力争用最小的投入获得最大的收获。

3. 我们的九年一贯制学校如何分段?——结构的力量

进行"十年四段"学制整体改革实践研究,成就更加完善更加高效的结构体制。

4. 我们的队伍如何向太阳?——名师的力量

引育人才是学校发展的关键。第一,培育。围绕特级教师的标准,我们提出了"三年早知道,六年早准备,九年磨一剑"的369行动计划;第二,引进。启动"两高"行动计划,即积极引进高学术、高学历的特级教师和博士教师加盟润丰教师团队。

5. 我们的学科贯通如何高效?——学部的力量

我们将成立语文、数学、英语、物理、体育、理综、文综、艺术八大学科研究部(大学部),各设部长。每个学部再围绕"十年四段"学制整体改革,分设小组长形成"1+4"或者"1+3"等小结构,最终形成"八部五制"促进学科贯通高效。

6. 我们的管理结构如何完善?——结构的力量

我们提出了"一体双翼,两擎双部"的结构来完善机制,把现代治理体系和治理能力的现代化都融入润丰新十年发展当中,优化我们的管理结构。

7. 我们的课程体系如何优质?——核心的力量

为了培养拔尖的创新人才,我们要准备建立新时代的AI人工智能课程、AR虚拟现实增强课程以及我们独有的五三竞赛课程(五赛三类,即教育部公布的五大学科竞赛,包括科技创新、人文、艺术体育三大类)。

8. 我们的课堂如何革命?——堡垒的力量

课堂是我们真正的堡垒之地,我们的学校要进行"和谐课堂"深度研究,逐渐将问学教育与课堂变革、课程改革及创新人才培育融合在一起。

9. 我们的质量监控如何精准?——数据的力量

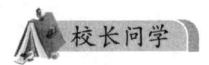

我们将建立一至九年级，甚至包括学前的所有学科的数据系统，建立九年18个学期或十年20个学期各个学科的成绩数据分析，以及它的综合素养评价体系，综合评价，成为我们宝贵的个性化分析数据系统宝藏。

10. 我们的课程资源如何建设？——源泉的力量

我们要构建校本化、生本化和个性化的新课程资源，唯有手握独门秘籍，才是战斗制胜之器。

在新一轮的时代与国家民族的一级进程当中，要寻求润丰的位置，我们就要基于前沿，基于问题，基于需求去思考、去做事，形成学习型、服务型、创新型合一的团队。

回归初心和使命，我们奋斗，因为我们是党员；我们奋斗，因为我们是干部；我们奋斗，因为我们是润丰的年轻人；我们奋斗，因为我们是润丰的主人，我们一定会在实现润丰新征程的历史篇章中书写我们的成功！

——节选自学校党员干部暑期专题学习培训班的开班讲话

教研篇

精准重点项目研究　培育拔尖创新人才

> ◎**背景**：自 2020 年 7 月 21 日始，北京市润丰学校暑期"新征程 新目标 新发展"培训进入第二阶段的学习。本次研讨一方面是对学校"一体双翼"中组建的项目研究院进行解读，使参会者了解项目研究院的研究方向；另一方面是为教师提供交流的平台，大家畅所欲言，互相启发，从而拓宽工作思路，清晰工作流程。

作为学校重要的"一体双翼"中的"一翼"，项目研究院的建设刻不容缓。构建项目研究院要立足于学科和学段的贯通，这样的安排契合学校九年一贯制的特点，符合学校新十年战略学制的调控，迎合学校拔尖创新人才的培养，希望大家以主人翁的精神来落实这件事情。今天开始我们进入暑期培训的第二个阶段，就是为了给大家提供平台，更好地建设项目研究院，更好地发挥大家的才华。

学校要始终以新十年的发展规划为依据，建立自己的拔尖创新课程，以更高的要求来定位自身，全力增加学校核心竞争力。我们的项目研究院就是凝聚人心的骨干团队，攻坚克难的核心力量，要有亮剑的勇气，超前的意识，创新的思维。项目研究院的全体成员都要始终保持积极的学习热情，充沛的工作激情，高度的学科敏锐度，随时关注全国各市区的规划课题，进行申报立项；关注与本学科相关的各类竞赛，积极训练并参与，在原有基础上有更多的成绩突破；关注学校校园文化宣传和本学科相关的活动宣传。

我们要早谋划、早准备、早下手、早突破，紧抓"早"，精准定位，勇敢亮剑出击；要秉承"少说多做，不说也做，边做边说，该说就说"的十六字原则；要多多进行正面宣传，将我们的教师宣传出去，将我们的学校宣传出去，将我们的理念宣传出去；要紧密围绕"以尊重求稳定、以服务求发展、以规划求创新、以质量求品牌"这几点梳理工作思路，制定详细的工作计划，并严格落实；要针对需求去狠做文章，针对重点去聚焦爆破，针对未来去转型创新；要有更高端的战略思维，分步进行，持之以恒，互相进行更多智慧的碰撞。

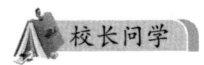

那么学校的大学部和项目部实际上是什么关系呢？它们二者之间是纵线和横线交叉在一起的合力效应，将原来简单的线型管理，改变为平面管理，并最终形成立体化的网型管理，也就是更加适应未来润丰十年发展需要的管理模式。

今年的暑假我们注定要忙碌，但是仰望星空必定是要脚踏实地的。未来学校必将形成一个更加和谐的环境，你的身体还在小小的初中校园之中，但是大学部是翅膀，项目院是翅膀，带着你的思维不断地发散成长，带着你的能力不断地快速提升，飞得更快、更高、更远。

——节选自学校干部教师暑期专题研讨研究院创建时的讲话

凝心追梦　聚力奔跑

> ◎**背景：** 为了更好地建立北京市润丰学校大学部及项目研究院，2020年暑假期间，学校诚邀各学科领域的专家为各新建学部进行"基于新高考新课标视域下的九年一贯制学科贯通实践研究"暑期大学部高端研修班培训，张义宝校长全程参与了各学部的培训活动并进行指导讲话。

我们学校是九年一贯制的学校，具有自己的巨大优势，大学部建设更易于解决中小学间的学科知识过渡问题，小学教什么，我们中学继续学什么，把握准确才能更好地无缝衔接。各位专家的讲座将要告诉我们高中考考什么、怎么考，从而帮助我们反思自己的教学该教什么、怎么教，这样才能更好地为高中输送他们所需的人才。作为教师，要学会抬头看路，找准衔接的方向，要目标高远，随时了解和学习新高考、新中考、新课标、新理念、新教材背景下的教学变化。学校要办九年一贯制高质量教学的学校，要培养拔尖创新人才，就必须进行高中新课标、新课改背景下学科贯通的研究与实践。学校筹建、组建贯通式的学科大学部，就是要着力解决高质量发展问题，为润丰教师发展打造更好的平台，为润丰十年新发展激发更大的助力，更完美地满足家长和社会的需要，更好地为祖国高端人才发展保障基础。期待所有教师能够认真学习、积极互动，以更高层次的引领作为教师个人发展的方向和动力，结合学校九年一贯制、贯通培养的实际情况，找到自己的提升点，助力学生的成长，实现自我的价值，成就学校的辉煌。

学科大学部要紧抓"精、深、通"三个字，精准把握学生未来发展方向、培养目标，清晰育人策略，上位思考拔尖创新人才培养模式；深入研究学科专业能力，整合形成学科题库资源，学科课程资源，为大学部全体教师的工作提供思考方向和实践准则；紧抓学校九年一贯的体制优势，紧抓学校新十年的发展趋势，紧抓新中高考改革方向，对学生形成贯通的整体培养。

项目研究院的核心在于"研究"，要基于数据进行有学术水平的精准研究，研究的内容就是目前教师、学生、学校所遇到的问题与困难，为大家提供解决问

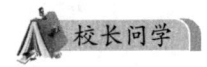

题与困难的"操作手册"。研究院的成员贵精不贵多,每一个成员都要为了更快成长,积极主动走出去进行自主学习。

大家一定要坚信永远的付出一定跟永远的获得是正比关系,诚者自成!

——节选自学校学科大学部、项目研究院工作研讨推进会上的讲话

增强课程意识　提升学科素养

◎**背景**：2020年暑假，北京市润丰学校的每一位教师都过得忙碌又充实，学校为教师们准备了充足的精神食粮——2020年暑期大学部高端研修班培训，第一轮"基于新高考新课标视域下的九年一贯制学科贯通实践研究"主题培训过后，新一轮"两考合一背景下的中考改革和学科资源建设实践研究"主题培训火热进行。学校有幸邀请到教研中心初中教研室，北京市正高级特级教师，道德与法治学科领军人物康利主任，为全体润丰教师以及唐县五中的部分教师进行了题为《增强课程意识 提升学科素养》的讲座，为大家深入解读新中考背景下的课堂教学与学科建设。

我们将两考合一背景下的新中考和学科资源建设作为一个大的主题，以学科为单元来做推进。这次我们荣幸邀请到康利主任来给我们亲自指导。我相信这次的报告一定会给大家带来更加宽阔的视野，更加高端的引领和更加深度的思维。这次的报告同时也是我们暑期第二轮高端培训结束的一个巅峰，标志着我们新学期开启的鼓舞人心的信号。希望大家能够认真听讲，积极提问，能够在康主任的更高、更宽、更深的领域当中来深思我们当下的新中考，我们的资源建设，我们的拔尖创新人才培养，我想借此机会说四句话表达我的期待，与大家分享。

第一句话：中考永远是新的

中考每一年其实都在发生着或大或小的变化，但是今年基于新高考的变化，"新中考"体现了"两考合一"的背景下的新变化。中考永远是新的，这就呼唤我们一定要有新的思维，变革的思维，要能够应对常变的变化，因为变化是考试永远的常态，但是其中不变的是什么呢？是对拔尖创新人才的培养。

时不我待，只争朝夕，对于润丰过去的十年和即将开启的新十年的转换时期，我们更应该是紧张的，是奔跑的，是付出的。拔尖创新人才的培养，必须是我们永恒的话题和主题。

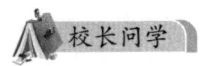

第二句话：学习永远是对的

随着暑期中我们研讨的深度进行，大家不由自主的都提出了一个话题，就是学习。学习永远是高端教师必备的能力和习惯。或者说要想培养出拔尖创新人才，我们就必须首先成为拔尖创新型的教师。而这样的教师的首要特征，一定是善于学习、热爱学习，以学习为乐趣的学习型高手。

不学习就不知道困难在哪里，不学习就不知道缺陷在哪里。随着老师们研究的深入，你们就会感觉到学习是我们永远正确的方向。

第三句话：资源永远是建的

资源建设是我们朝阳区作为区域发展的一个重要的秘密武器和名校快速成长的终南捷径。润丰随着九年贯通的资源建设开始，如何形成具有自己核心竞争力的资源建设，就成为我们理所当然的责任和使命。

第四句话：逆袭永远是能的

逆袭成长才能唤起人们的佩服，才能赢得社会的认可。每个学生都是独立的生命体，我们的教师要具有将他们化茧成蝶的超凡能力。要知道只有超常规的付出辛勤的汗水和高端的智慧，才能获得跨越性的收获，而跨越性的收获就是逆袭产生的可能。

今天我们迎来了康主任这样一个高端初中引领人，他的每一个表达、每一个层次，对我们来讲，都将会实现跨越性发展和收获。所以我们要坚定信心，通过努力创生润丰更加辉煌的新十年！再次感谢康主任应邀讲学，期待润丰的发展能够回报教研中心初中教研室康主任的团队对我们的厚爱与期待。

——节选自学校学科高端研修培训班结束时的讲话

教研篇

智慧教育融合与应用需要重构定位

> ◎**背景：**在应邀参加第六届"互联网＋教育"创新周闭幕式圆桌论坛时，张义宝校长就"智慧教育的融合应用与发展方向"主题进行了讲话。

在学校一线教育教学过程中，智慧教育落地实践主要存在四大问题。第一，"新和旧"的问题，主要指设备。大量落后的设备按照人工智能化标准还需要更新升级。第二，"多与少"的问题，主要指经费。教育辉煌投入的那个时代可能已经相对过去了，宏观经济政策背景下学校项目投资越来越少，而智慧教育是需要大投入的。第三，"出和入"的问题，涉及到评价标准。多年的信息化建设投入了大量经费而难以优质产出。第四，"师与生"的问题。什么是人工智能时代的教师呢？什么是人工智能时代的学生呢？教与学的关系怎么变革？我认为，在智慧教育融合与应用中，更需要重构定位，丰富内涵。

我认为，智慧教育评价体系要确立基于核心素养视域下的"AI＋教育"两大特殊教育目标即"人之为人"的必备品格和"学以为己"的关键能力，这也是契合智慧教育的"精准化、差异化、个性化"的特性的素养导向。作为一线教师要树立"儿童拥有学习人工智能的天赋潜能"和"让儿童成为学习人工智能的小主人"的学生观和教师观。在具体评价体系建构中，应重点关注三个维度。第一是评价体系对于儿童的容错性，第二是智慧教育一定要具备激励性，第三是智慧教育要有人文性。

虽然刚刚履新两个月，但是我带领润丰学校全体领导干部教师在密集调研、多轮研讨的基础上，已筹建了八大学部和六大研究院，率先启动"AI项目研究院"，在暑期前中后期间，整体架构"十年四段五环节"的"课程化"和"学本化"的实践探索，立足普及与拔尖的"大众化"和"精英化"实施策略，将AI教育纳入了学校新十年发展新战略项目，不仅进入新学年的课程设置体系，而且还将探索建构"先学后教、边学边练，以编促学、以赛促教，线上线下、校内校外，融

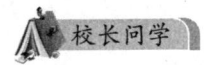

合融通、整合综合"的智慧教育 AI 教师校本培训新机制。作为九年一贯制学校，未来润丰学校学子的毕业证书将是"三证合一"，其中新增的将是一张"AI学习合格证书"。

——节选自应邀参加第六届"互联网＋教育"创新周闭幕式圆桌论坛时的讲话

聚焦问题　探索实践

> ◎ **背景**：北京市润丰学校大学科研究部于近日举行了2020—2021学年度新学期的工作研讨会，各学部牵头人积极发言，各抒己见，围绕开学以来学部工作的推进情况、本学期重点工作、第一次贯通教研、计划撰写推进这四个主要问题进行研讨。

我们的学部贯通研究应当根据学校现有需求，从"基于前沿进行精心设计""基于拔尖创新人才培养问题""依托职业需求进行同课异段构课"这三个机遇来实现。我对机遇的具体点拨分为以下两点：第一，基于前沿的方向一定要找准确，否则一切都是徒劳的。第二，基于问题要聚焦到"学校当下最需要什么""大家最渴望什么""什么是我们的强心针"这些问题来进行研究。学部在研究拔尖人才培养方式上，要在实践中探索，要靠时间去开展，要制定长久之策。

面对每一次的活动，各学部需结合自身实际去定位，每个活动设计之前各学部一定要提前做好谋划，精心准备，主题提前布置，要求提前预演，做好"正式演出"，让大学部每一次的活动都简明高效。"一体双翼"——"一体"是学段，"双翼"是学部和学院，这两个翅膀是为学段服务的，因此学部或学院要做好统筹安排，为学科提供所需。针对大家的发言，我提醒两个重点：第一，各学部一定要围绕拔尖创新人才培养去推进工作，因为这是一个新课题。第二，面对当前的背景，拔尖创新点是润丰学校必须回答的问题。学校要想实现成长的突破口，必须毅然地甚至艰难地对保持托底战略的意识进行自我革命，放空自我。我们要发自肺腑地把研究拔尖创新人才培养作为我们的一个课题，作为我们的一个功课，作为我们的要义之所在。培养拔尖创新人才作为我们在研究时把握的细节，由于当前没有什么标准答案，所以需要大家发挥自己的聪明才智去实现。在一年后我们交流学部工作时，各个学部要从"你怎么抓""你有什么好办法""我们取得什么成绩""还存在哪些问题""还有什么措施要再跟进""我们下一步怎么打算"这几个要义去总结回答。

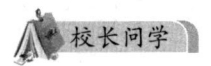 校长问学

  感谢各位大学部部长暑期在还不明确什么是大学部的情况下，在没有任何经验的基础上，高质量地、热情地、智慧地、更是辛苦地完成了暑期前后从组建到亮相的过程。随着新学期的开始，大学部进入了常态模式，探索运行新机制，将是我们的又一大贡献。想要探索这一新学期，就要把第一个月抓好，这样才能形成一个很好的机制。希望各学部有任何的问题或想法都要及时地互相沟通，加强中间环节的力量，努力创造润丰大学部的美好未来。

——节选自学校 2020—2021 学年度新学期大学部工作研讨会上的讲话

教研篇

凝心聚力共奋进　砥砺前行增实效

◎**背景**：年级组长、教研组长是学校各项工作的中坚力量，是学校发展的领头雁，只有头雁振翅，群雁才能高飞。为确保新学期的各项工作能顺利开展并圆满完成，新学期伊始，北京市润丰学校召开了新学期首次双组长会议。

我认为所有的年级组和教研组都能够做到"循序上升，和而不同；深度贯通、质量至上；关注主体地位、主体责任；常态创生、主动作为"。这样的行为太了不起了。

不过我也要给大家提出一些问题：第一，全体教师一定要立足课堂，抓紧建立学科题库，形成庞大的资源数据后盾。第二，牢记培养拔尖创新人才是每一堂课都要关注的事情，在每一堂课都要进行差异教学。在关注薄弱学生保底的同时，也要为优势学生设计分层的题目、问题、作业等。一定要牢记"人人都可拔尖，个个都可创新"的原则。第三，重点关注三、四、六、九4个年级的监测，教研组和年级组都要认真学习，多多进行考研交流，预测定位命题方向，要带领备课组学习研究初中课堂评价标准。三、四、六3个年级的区测和四年级的国测是重点，多进行深入的考研。

原有的年级组、教研组是学校的主体，新建的大学部和研究院则是双翼，都是为年级组、教研组服务的。年级组长、教研组长要充分发挥功能，作为主导完成各项工作。一些攻坚克难的工作可以寻求研究院和大学部的支持。要牢记年级组长和教研组长才是校本教研和校本管理的第一细胞，具有主体地位、主导功能、主体责任，要进一步明晰、重温、定位年级组、教研组功能。要做到"常规工作不常规、常规组织不常规"，大胆创新工作方法，创新明细主题和任务。

最后，也是最重要的对于创新工作以及拔尖创新人才的培养，不能等、靠、要，而是主动出击、主动落地，一定要解放思想，大胆尝试，坚信拔尖不是少数人，人人都是拔尖者，个个都是创新者。

——节选自学校新学期双组长会议上的讲话

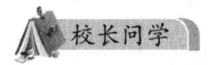

理想教育文化视域下的家校"和谐赋能"

◎背景：2020年11月5日，由北京市朝阳区委教育工委、朝阳区教委主办，《中国教师报》、朝阳区宣教中心承办，北京市润丰学校协办的理想教育文化建设实践分享研讨会在北京市润丰学校召开。朝阳区委教工委副书记王世元，中国教育报刊社副社长、《中国教师报》总编辑雷振海，《人民政协报教育周刊》主编贺春兰，中国人生科学学会中小学教育专业委员会会长聂延军，北京师范大学教授余清臣，首都师范大学教授吴晗清，与来自北京市朝阳区各实验校负责人、课题组成员教师、课题组专家共同围绕"以文化为引擎 推动教育高质量发展"主题进行研讨，分享"理想教育文化"引领下的课堂变革经验。

我认为润丰学校从建校开始，就将学生的发展、学校的育人方式和家校共育紧密相连。学校的办学特色是和谐教育理念，办学指导思想是"一切为了孩子，一切为了明天"，办学宗旨是"三全三爱三服务"，即培养学生德智体美劳全面发展、面向全体学生、对学生全方位负责；爱事业、爱学校、爱学生；为学生服务、为家长服务、为社会服务。育人模式是"和谐育人"，重在协同育人，注重课程育人、管理育人、活动育人，社会教育、家庭教育、学校教育相结合，共同进行。课程育人重在"融入"、管理育人重在"规范"、活动育人重在"德育导向"、文化育人重在"熏陶"、协同育人重在"联动"、实践育人重在"体验"、家庭教育重在家风育人、亲情育人，可以说润丰的办学愿景和办学理念始于大家的需要。经过十年发展，润丰学校在办学理念、校园文化、教学硬件设施等方面的出色成就，都取得了广大家长的认可。

校长"赋能"可以赋予家校合作文化新时代内涵：

第一，校长赋能可以重塑家校合作文化。和谐教育的本质是"竞合"（竞争与合作），在新时代，面对教育改革的新浪潮，和谐教育在未来应该向家长和学生交出怎样的答卷？我们深入地去思索。从学校角度，我们可以立足教育改革前沿，通过课程的丰富和完善，为学生提供更加丰富课程选择，既能提升学生全面的、个性化的发展，又能不断满足家长的需求。

第二，校长"赋能"可以赋予家校合作文化新时代内涵。赋能，是人生最好的教育激励方法！你赋能于人，别人赋能于你，互为主动。我们现在就是一个赋能时代。一方面要将学生的潜能发掘出来，将他们的天赋牵引出来，让他们由内而外的激发出身体内巨大的能量。另一方面要以新时代的新课程——AI、AR等富有时代特征的课程，将智慧的科学的能量传递给学生，激励他们主动的投身创新的前沿，由外而内获得成长。

第三，家校合作的最高境界其实是家校共能。在理想教育文化的实践中，我们共同围绕在一个价值观、两个方法论、十二个教学策略、四大能力来进行。

"学校应该是学生一生中到过的最好地方。"在新时代，育人目标应该是培养有竞争力的现代中国人。完成这样的宏远理想，只有在学校能深深地吸引学生的条件下才可以实现。所以，后疫情时代，学校更应该成为师生精神港湾。

因为港湾是一种天然的屏障，还是一种文明的强大，更是人们心灵的故乡。学校就要成为孩子们人生扬帆远航的起点，成为实现教育理想的梦幻沃土。

在我来到润丰学校的135天时间里举行的线上线下学生和家长共同参加的大会，已经多达12次，每一次学生家长会，我都会参与并进行不同主题的发言。以尊重、民主、科学为原则，建立家校合作体系以及完善的家校合作制度；以尊重、责任、和谐为理念，诚邀家长参与学校的各类活动。很多时候，我也会诚邀家长参与学校各类活动后发表感言，并将之发表于学校公众号上，极大地促进了家校协同。在和每个家长交谈时，我都会反复强调，家校是一体。

润丰学校的新十年钟情于"新基建"！秉承和谐教育理念，在传承中发展，在发展中创新。新的发展阶段将是学校一个转型升级的阶段。作为九年一贯制学校，学校庄严地向所有家长实行目标承诺：未来润丰学校学子的毕业证书将是"三证合一"，包括学生毕业证、游泳合格证，还有新增的一张，将是"AI学习合格证书"（健身、健脑、健人）。我们将时刻不忘学校的愿景是"把润丰办成让家长放心地把孩子和孩子的未来托付给我们的学校"。

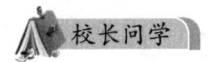

  本次在我们学校召开的理想教育文化建设实践分享研讨会，使与会的老师们获益良多，诸位专家高屋建瓴的讲话带给我们全体润丰人很多的思考，这必将对学校未来的发展产生巨大的积极影响，推动学校走向更加光明、充满希望的道路之上，取得更加丰硕的成果。

——节选自理想教育文化建设实践分享研讨会上的讲话

润色和谐寄鸿业　丰盈未来书新篇

> ◎**背景**：深秋的落叶伴着午后和暖的阳光，漫洒在北京市润丰学校刚刚新铺就的操场上，一片红润、一片金黄……北京市润丰学校创始人、原校长卓立重返校园，参加"北京市润丰学校和谐教育十年办学成果研讨会"、"大家讲堂"启动仪式首场专家报告会暨卓立荣誉校长授聘仪式。研讨会在学校第三会议室隆重举行，由润丰学校党总支书记王雪梅主持。陪同卓校长前来的有北京市特级教师、中国教育学会小学数学教学专业委员会理事长、正高级教师吴正宪老师，《中小学管理》杂志编辑部主任谢凡，《现代教育报》首席记者郑祖伟，中国网记者王晓霞，全国优秀校长同仁，学校领导班子成员和学校干部、年级组长、教研组长、学科大学部项目研究院牵头人、教师以及家长学生代表。

今天，是我们润丰学校和谐教育十年办学成果研讨会，作为现任校长，我很荣幸地为大家进行《润色和谐寄鸿业　丰盈未来书新篇》的主题报告，我的报告主要有三个部分的内容：

一、润丰学校"高大上"

（一）办学思想前瞻化

润丰学校在建校之初就明确了自己的办学理念及文化。学校一直倡导"和谐教育"的办学理念，教育教学中始终追求"人与人、人与知识、人与自身、人与社会、人与自然"的和谐。育人目标是使学生成长为讲文明、爱学习、勤锻炼、善文艺、会劳动、懂科学、乐助人，通晓国际规则、拥有国际视野的全面发展的人。

（二）办学环境一体化

学校始终将"和谐教育"的理念落实到校园文化建设的各个环节之中，成为了润丰学校校园环境建设的精髓。我校校园环境分为三个伸展面，即和谐校园、七彩阳光校园、全面发展校园。校园环境建设与学校教育教学有机结合，成为学校育人之魂，成为教师、学生的精神统领。

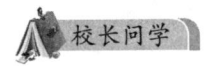

（三）办学条件品质化

"构建以体艺科为主题的社团育人体系——以美育人"。学校在建筑设计时，将多处空间进行了教育文化的创意设计。第一，创建校园博物馆。学校将社会主义核心价值观、传统文化、民族文化等根植于主体建筑四层楼道空间的12个主题廊厅，使社会主义核心价值观要素转变成可目视、可操作、可互动的教育形态，并在此基础上开发了融合知识性、互动性、引领性、艺术性的众多课程，使之成为校园中学生喜爱的第二课堂。第二，设计特色课程资源教室群。学校建造设计了30多间专业教室，如：茶艺、厨艺、陶艺、铣床木工、机器人、VR实验室、电影放映室、模型制作等专业教室。第三，自主设计校徽、校标、校训、校名、办学愿景、理念文化等标识系统，形成学校外显文化形象。第四，建构虚拟空间。每个主题廊厅都有多功能触摸电视，学生可以进行相关知识的游戏问答闯关互动，可以点播音频视频。空间维度上，组成了正式的课堂学习空间和非正式的第二课堂学习空间，同时也构成了真实的（实物的）和虚拟的（网络的）学习空间。时间维度上，从最南边、处于教学楼一层的小学一年级至最北边、处于教学楼第四层的九年级，时间跨度九年，色彩变换从绚丽多彩到沉稳雅致，中间波浪形玻璃幕墙跨越所有专业教室和文化廊厅，预示着学生在绚丽校园中走过精彩的九年，始于阳光活泼，终于自信文雅。

空间拓展、时段延展，学校无闲处，处处熏陶人，恰如陶行知先生所言"一草一木皆关情"。一砖一瓦、一窗一板，均构成学习内容的多样性，启智、笃行、化愚，既为个性化的学习提供多重选择，又能满足学生全面发展的未来需求。

（四）办学机制融通化

基于"和谐教育"理念，学校建立了"一体化"管理组织机构，领导团队统领中小学工作，统筹计划、统一执行。各项制度健全，融合了垂直式管理和扁平化管理机制，形成"一体化"运行的管理机制，在管理层面实行闭合流程管理和问题导向式管理，实施"首问负责"与"年级管理"双向机制的综合管理模式，既保障专项工作干部负责又将干部分配到各个年级组，干部深入年级、深入教师、深入学生，及时指导、及时沟通、及时反馈，提高工作效益。

二、我们构建"七彩园"

（一）七彩阳光，德育优先

学校构建以"五育并举""全面育人"为标志的七彩阳光德育体系，达成"以德润身"的德育效果。十年来，学校顶层设计了以"七彩阳光教育活动、七彩阳光社团活动、七星少年评价体系"为内容的七彩阳光德育体系，融"环境育人、文化育人、活动育人、实践育人、管理育人、协同育人"于一体，充分为学生搭建价值引领、实践操作、交流展示、文化提升的成长平台。学校还构建了七星少年德育评价体系，根据九年一贯制学校的特征，实施"一贯制目标评价机制，引领学生阶段成长"。与和谐教育育人目标和育人方向相匹配的是和谐教育评价标准。制定了"九年四段一贯"《七星好少年评价手册》，构建起"整体架构阶段成长、过程积累全员参与、个体与集体互动"为特征的"七星好少年评价机制"。

（二）和谐课堂，云端助力

通过十年发展，构建以"和谐课堂"为标志的特色教学体系，促成以"知"育人，实现学生"格物—致知—至智"和谐发展过程。着力推进网络环境下现代信息技术与学科教学的整合，应用现代信息技术，使 Pad、手机、多功能触摸电视、实物投影实现课堂随机互动，构建了三维"网络互动课堂"。其中，每间教室都有学校教学专用局域网，形成"智慧空间"；教师和学生利用电子设备,组合成信息便捷联通的"互动课堂"；师生以社交平台为基础创建"虚拟学习共同体"。在互联网环境下，将专家资源、教师资源、大数据资源等进行整合和应用，通过师生、生生、专家与学生多维度的交互学习，打破传统学校课堂的教与学的限制。在时间和空间上拓展学生的学习维度，在信息素养上，实现"技术保障（格物）—获取知识（致知）—技术赋能（至智）"的育人过程，在学习方式、教学方式转变上达成人与人、人与资源、人与设备之间的和谐共享、和谐共融。

（三）主体建构，课程聚焦

卓立校长带领全体教师，立足我校学生实情，结合润丰学校特有的校园文化体系和谐校园、七彩阳光校园、全面发展园，以及"和谐教育"理念的育人目标，构建了"七彩阳光课程体系"，其内容简称为"三层级七领域"，将学校所处北

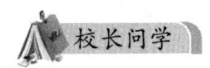

京市教育环境、校园文化特色情境、育人目标、学科课程目标、学习方式等因素有机融合在一起,为学生创造全面发展的"社会情境",使课程具有很强的针对性和深厚的文化内涵。"三层级"是针对学生的差异性、提升课程的选择性而设置的三个层级的课程平台,强调课程针对学生的"差异性"培养学生,包括基础型课程、拓展性课程和研究型活动课程。"七领域"是依据育人目标的七个要素,把课程构建从整体上划分出七大课程领域,直指学生的核心素养培育,既强调课程的"全面性",又注重核心素养目标的落实落地,包括崇德修身、文化积淀、身心健康、艺术修养、劳动技能、科学素养、社会公益。

通过十年发展,润丰学校的和谐教育硕果累累,学校整体获市区级以上荣誉二百余项,学生集体获奖一百二十三项,学生个人获奖六千余人次。

三、我们的视域"新十年"

今天在这里,从润丰学校的未来出发,从新时代教育的特点出发,我代表学校班子对润丰学校的未来发展进行了规划。

(一)知己知彼"向未来"

新时代,我们要建构理想谱系,秉承办学愿景"把润丰办成让家长放心地把孩子和孩子的未来托付给我们的学校";追寻教育理想"让学校成长为孩子一生到过的最好地方";理清育人目标是"培养有竞争力的现代中国人"。我们将聚焦人才的培养,学校坚信"人人都是拔尖者,个个都是创新人!"

(二)百战不殆"新十年"

在后疫情时代,学校有了发展的新目标,润丰要做和谐教育的先行者,做教育质量提升的跨越者,做优质教育资源的建设者,做现代教育技术的领跑者,做新型校园文化的创意者,做实施素质教育的实践者,做基础教育的领军者!将润丰建设成为教学质量上乘,内外兼修,家长热衷,社会满意的学校!

后疫情时代,学校将钟情于"新基建"。秉承和谐教育理念,润丰学校的新基建就是:

新——新十年——转型升级新阶段

基——基本功——教育教学高质量

建——建功业——优质大考必答题

在新的发展阶段也将是一个转型升级的阶段。我们现在已经在 AI 项目、学段贯通、"1222" A 型飛体新工作机制,体现了我们润丰"新基建"在信息、融合和创新三个方面的具体构筑对应。

我作为润丰学校第二任校长,一定会秉承卓校长"和谐教育理念"的精髓,并在此基础上,带领全体润丰人怀抱更高远的追求,为润丰的新十年架构蓝图,为润丰未来"开疆扩土",使之成为具有新时代竞争力、培养高端拔尖创新人才的未来基地!

短短的十年,润丰从无到有,从有向优。润丰构建了适合学生发展的"七彩阳光育人体系",创建丰富的课程活动,涌现出一批又一批的全面发展的"七星好少年"。当今世界迎来百年未有之大变局,中华民族正迈向伟大复兴,卓校长提出了"为中华之富强而读书"的主张,这些都为润丰新十年的发展奠定了坚实雄厚的基础。

继往开来,展望润丰新的十年,学校提出"一体两翼、两部双擎"的学校治理新架构,强化教育教学各环节的具体落实,解决质量提升跨越式发展的现实问题。夯实高质量发展的基础。在全面建设高素质专业化创新型教师队伍方面下功夫,启动"双高人才"引进培育战略,以拔尖创新型教师引领拔尖创新型人才培养。助力科技自立自强。以开设 AI 课程为突破,探索人工智能人才培养的"新模式",提升学校科技教育的"新质量"。立德树人贯穿学生成长全过程。积极推进思政课改革创新,努力实现爱国主义教育与全学科课堂教学的深度融合,培养德智体美劳全面发展的社会主义建设者和接班人。我们要"不忘立德树人初心,牢记为党育人、为国育才的使命"!

——节选自学校和谐教育十年办学成果研讨会上的讲话

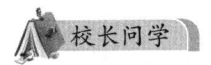

乘势而上"向未来"　再接再厉"新十年"

◎**背景**：润丰学校在2012年已经成为联合国教科文组织北京分会会员学校。现任校长张义宝自2020年6月上任以来，对学校的国际化特色进行了精心梳理和未来规划，近期学校喜获"朝阳区教育外事窗口学校"资格。

2020年是十九大提出的全面建成小康社会的决胜之年，是润丰学校建校十周年的收官之年，更是新十年的开启之年。站在承前启后的历史交汇点，展望学校未来，我将目光投向了国际教育，"基于问题，基于前沿，基于需求，基于发展"，聚焦新时代教育现代化的信息化特征，润丰学校的未来发展必须构建国际化课程体系，拓展国际交流合作项目，加强与全球教育发达资源的深度合作，促进中外学校在师资互派、资源共享、学生交流等方面进行互动，着眼学生国际化发展，提升整体育人质量。

第一，乘势而上"向未来"。学校在新时代的办学理想是"让学校成长为孩子一生到过的最好地方"，新时代的育人目标是"培养有竞争力的现代中国人"。学校注重学生在"竞合"中发展，聚焦拔尖创新人才的培养，学校坚信"人人都是拔尖者，个个都是创新人！"

第二，再接再厉"新十年"。在后疫情时代，学校将钟情于"新基建"，更专注学校的转型升级和教育教学质量跨越式发展。

2020年9月27日，朝阳教委国际科白建立科长带领评审专家包括教育部中外人文交流中心机制工作二处处长陈韬伟、北京市原市教委国际处任军处长和市教委国际交往中心部白阳部长来我校评估时指出，润丰学校的育人目标具有国际视野，在坚持五育并举的同时兼具国际人文因素。学校的校园文化品质很高，能更好地融入到朝阳区的国际化大背景中。学校课程体系完备，蕴含多门国际化课程，丰富的社团活动和课程，符合现代学生的发展需求，也是国际化学生最需求的学习内容。学校办学特色鲜明，冰雪运动特色学校、国际跳棋示范校、合唱团和管乐团等都能使学生在体育、艺术、科技方面获得全方位发展。学校大气有品质，学生自信而充满阳光，很具"国际范"。

在未来十年的发展中，学校将充分利用联合国教科文组织的国际化平台及朝阳区教委的国际教育资源，基于朝阳区外事窗口学校的平台，鼓励教师参加国际化培训，引进国际化素养高端人才，开展具有针对性的国际化教育课题研究和国际化课程构建，立足普及与拔尖的"大众化"和"精英化"实施策略，将AI教育纳入学校新十年发展新战略项目，"以尊重求稳定，以服务求发展，以规划求创新，以质量求品牌"，追求学校的高质量发展，全力完成学生发展目标：讲文明、爱学习、勤锻炼、善文艺、会劳动、懂科学、乐助人，通晓国际规则、拥有国际视野的全面发展的人。

我们有理由相信，通过所有老师、学生和家长们的共同奋斗，合力推动学校立足国内、借鉴国外、面向未来的教育改革，润丰学校一定能"同创润丰十年新未来"，为国家的未来培养出优秀的社会主义建设者和接班人。

——节选自学校喜获"朝阳区教育外事窗口学校"资格后的讲话

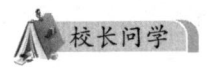
校长问学

标准时代：课堂变革自当"标准为王"

> ◎**背景**：2020年11月22日，北京市润丰学校全体教职工在剧场进行了主题为《标准时代：课堂变革自当"标准为王"》的校本培训。张义宝校长对新课堂评价标准进行了详细的解读。这是学校围绕教师教学基本功系列培训中的第三场。

作为润丰教师，我们一定要对"和谐与标准"进行深度解读。

润丰十年办学提出和惯行的是和谐教育，而和谐的本质在于"竞合"。竞合的核心则是竞争。即在和谐中竞争，在竞争中合作，每个人都在周围人的合作中进行竞争，也都在竞争过程中进行着合作。将竞与合放在和谐教育中，达到了统一。

在竞争中，强调是"标准的竞争"。谁拥有标准的主导权，谁就占据了行业发展的有利地势，谁就拥有更多的话语权。因此，竞争胜在"标准"，故曰"标准为王"。

对于标准，一个理解是衡量人或事物的依据或准则，也可以理解为榜样、规范。这里的"标"是投射器，"准"是靶心，标准合用，具有行为和结果要相一致的内涵。

对标准的理解，还需要从区域与学校同频来认识。在区域教研工作中，把握三大原则：基于前沿（政策引领）；基于标准（课程标准、学业质量评价标准、区域课堂评价标准）；基于需求（解决区域内存在的教育教学教研质量需要整体提升和特色建设的需求）。

同样也要运行五大机制：构建以学科建设为载体的区域课堂教学质量整体提升机制；构建以成果培育为载体的区域教科研高水平发展的科研机制；构建以双名工程和基本功展示为载体的促进教师专业发展的人才队伍建设机制；构建基于标准引领和大数据诊断的个性化拔尖创新人才培养机制；构建以课程资源库建设为载体的促进区域教学科研水平提升的保障机制。

在润丰新十年的起点中，要实现质量的跨"越"，内外兼"秀"。因此，我们对常规事要做的"不常规"；常态事要做的"不常态"。在平平常常的"大功课"里，做到"精、准、实"！

——节选自学校教师基本功全员校本系列培训中的讲话

润丰有大道　教研有大爱

> ◎ **背景**：2020年12月初，在朝阳区教研中心主任、特级教师、正高级教师杨碧君，朝阳区教委基教一科副科长石志芬，朝阳区教研中心副主任兼教科所所长、特级教师郭峰，初中教研室主任、特级教师、正高级教师康利等领导的带领下，朝阳区教研中心初中教研室29位教研员莅临北京市润丰学校，对学校教学工作进行全面视导。校长张义宝、书记王雪梅等领导教师陪同教研员全程参与了此次教学视导工作。

和谐教育理念的本质是"竞合"，大道和大爱就是和谐，就是"竞合"。在新时代背景下，在润丰学校新十年发展的起点上，我们特别感谢教研中心、初中教研室、教科所的所有领导和教师，能来学校进行精准指导。我特别想对教研员们说三句话。

第一句话是有亲人来，好鼓励，不亦乐乎。

今天是"家里来人"，因为我从教研中心调任润丰学校工作已经五个多月了，你们的到来格外亲切！更高兴的是今天教研员视导结果超出我们的预期，这是教研中心的同事们对我作为润丰学校校长的激励和期许，我们所有教师会继续努力，把视导作为我们的教改过程，把推动学生发展作为教师自己的事情。

第二句话是有专家来，真诊断，不亦问乎。

专家全员全科全程的督导、培训和学术引领，对教师弥足珍贵。专家的点评至关重要、高屋建瓴，很精准。你们提出的问题建议极为珍贵，在学校发展的关键时刻，大家为我们送来"及时雨"，这是学校新十年目标建设中，体现出的服务和奉献精神，我们真诚感谢！

第三句话是从大爱来，高质量，不亦远乎。

学校有目标，有实现跨越式发展，而质量是由大爱产生。"相信学生，是没错的"。立足立德树人的根本任务，学生从学科本质上理解学习，"人人都是拔尖者，个个都是创新人"的拔尖创新人才的成长就是自然而然的。

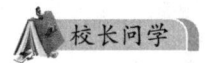

校长问学

  通过今天的视导，从各位领导的鼓励中，我们觉得润丰学校还有无限上升的空间，润丰一定会在教研中心领导和教师们的帮助下，在大爱中，在大道上，胜利实现我们的目标！

——节选自学校接受区级视导后反馈会上的讲话

学习型的教师队伍是跨越发展的必备特征

> ◎**背景**：盛世华年逢丑牛，锦绣江山迎新年。在这辞旧迎新的日子里，润丰人欣喜地迎来了北京市润丰学校首届教育科研年会暨大家讲堂第二讲。本届科研年会以"新十年质量跨越与教师专业成长"为主题，全程由石亮副校长主持。"大家讲堂"是首届科研年会开幕式的重头戏，学校非常荣幸地邀请到了北京大学博士生导师尚俊杰教授为我们进行讲座，这也是我们新学期的第二场"大家讲堂"。尚教授的讲座题目为《未来教育如何重塑：互联网＋促教育流程再造》，对此他有十分深入的研究，整场讲座从现实案例谈到理论知识，深入浅出，生动有趣，让老师们对"互联网＋对教育的影响""互联网＋与教育流程再造""教育流程再造的具体途径""互联网＋与未来教育"这些以前很少思考到的问题有了新的认识和思考，受益匪浅。

尚教授的报告正如我们科研年会的一个主题，那就是高端引领，今天的报告"有理有据有观点，有趣有用有意义"，而且是全景式、精确化的。我想再用三句话与大家来分享我的一个学习感悟。

第一句话是谋定而思动。

我们润丰学校面临新十年发展，今年是开局之年，要开好局、起好步，我们未来要走到什么样的地方去？正如尚教授给我们重点地介绍了未来我们需要到哪里去，我们怎么过去？所以谋定而思动，就让我们在寒假即将来临的时期，多多充电，向前展望，向后观望，前后瞻望。

第二句话是超前而重塑。

今天尚教授的报告是一个前沿引领，基于人工智能时代，其中有一个关键词是再造重塑，这个跟我们当下的教育变革是有重要关系的。面向未来的教育新生态，一个学校的发展，一个教师的进步，需要再造和重塑，而且这也正是我们这个未来已来的时代特征。

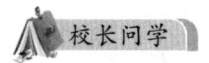

第三句话是生动而幽默。

今天尚教授的报告对"互联网＋教育"时代的现象透析、案例剖析，对具体路径、方式变革等的解读通俗易懂、生动形象、幽默风趣，我们特别期待如尚教授所描述的那样的更好的未来，正如他最新《未来教育重塑研究》这本书当中提到的——未来我们一定要达到一种最美好的教育！

——节选自学校2021年首届科研年会系列报道开幕式暨"大家讲堂"专家报告上的讲话

竞合时空:"大家"是这样炼成的!

> ◎**背景:**两场酣畅淋漓的经验分享交流会结束之后,张义宝校长对于分享教师真诚透彻、充满智慧的讲话内容非常赞赏,以《竞合时空:"大家"是这样炼成的!》为题为大家进行了总结点评,从三方面总结了"大家"的炼成的理念与路径。

今天我想从三个方面总结我对"大家"的炼成的理念与路径。

一、我们已经走向"大家",因为我们追求"知行合一"

所谓"大家"一定是有独特的学术思想和生动的实践案例的,正如昨天我们聆听的北京大学教育大咖尚教授的"基于未来教育新生态重塑与再造"的"大家"讲堂;今天已经是我们自己的"大家讲堂"了,这是因为今天的"15+12"位教师的读书感悟和视导所得分享,虽然只有短短七分钟,但却是我们本学年暑假以来的全员学习、全员参与,敢于创新,大胆实践的阶段性成果展示。我们分别进行了三轮以上的分组交流研讨、分层推荐,这是全校一百四十余名教职员工的近五百人次展示和分享的优秀代表。每位教师的读书都经历了从"读厚了"到"读薄了",从"读少了"到"读多了"的辩证过程;更经历了"怕视导"到"研视导",从"享视导"到"盼视导"的心路历程,这实际上就是展示了每一个教师都能成为教育"大家"的成长历程,这是每个教师已经走向成为教育名师——"大家"的自信起点,因为这是真正的"知行合一"的"大家成长"。

二、我们正在走向"最美",因为我们追求"问学合一"

读书是教师的"最美"姿态,问学是"大家"的首要特征。因为读书,你听懂了,学会了!因为问学,你会学了,会干了!今天所有发言教师的展示呈现了各自的"最美"。何为美?和谐教育中的"和谐"应该是灵动之美,今天的读书和视导的分享就是大家不断追问与思辨的最动人的心得,就是在"问学课堂"的践行中所展现传来的"常态不常态"的学习精神与问学实践的融合之美,这是和谐最美的"竞合"境界,反思过去,理解当下,团结协作,体现价值,创新未来,

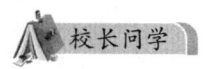

即是创造出"最美"的自己和"最美"的学校。因为这是真正的"问学合一"的"最美格局"。

三、我们必将走向"成功",因为我们追求"天人合一"

新十年需要我们开局之年的跨越发展,需要我们质量的高端状态。这是时代赋予我们学校的"成功"使命。因此我们需要勤勉和智慧,我们要坚定"诚者自成",诚者,天之道,诚之者,人之道。今天的"15+12"位教师的真心奉献,倾情分享,就是勤勉劳作的汗水结晶,更是智慧光芒的喷薄涌现,分明让我们感受到了新十年润丰教师的力量,天道酬勤,天道酬慧!大家在读书和视导的穿越中,真诚付出,勇敢实践,就是"诚者自成"的成功范例!我们理当掌声阵阵!我们必须热烈祝贺!今天的"成功"分享必将促进学校在新十年跨越式发展的历史使命如愿完成。因为这是真正的"天人合一"的"成功境界"。

唯有如此,我们更加自信和坚定:"大家"就是这样"炼成"的!

所有教师在短短七分钟内的展示和分享,实际上是展示了每一个"教育大家"的成长历程,是每个教师将来成为教育名师的起点。所有教师也在今天的展示中呈现了各自的"最美"。反思过去,理解当下,以"最美"的自己,创造出"最美"的学校,开拓"最美"的未来!

——节选自学校2021年首届科研年会校长主题点评时的讲话

教研篇

科研年会：新十年"三个高地"的年度盛典

> ◎**背景：**为期三天的北京市润丰学校"新十年质量跨越与教师专业成长"首届科研年会暨大家讲堂第三讲缓缓落下了帷幕，可是润丰人的科研之路就此展开了新的篇章。

这次的科研年会是我们的首届年会，从今年开始就是我们润丰新十年的教师成长的年度盛典，我们把首届科研年会当做这一个学期和年度的收官，它指向了三个高地，即人才高地、智慧高地和学术高地。

一、"人才高地"的盛装开启：从"数据"说起

我是2020年的6月19日来润丰报到的，到今天是二百二十天，从2020年新学期开始的9月1号到今天，我们全体老师已经度过了一百五十天左右的时间，学期的最后，我们专门安排三天的时间进行线上线下的整体融通学习，无论是我们一百三十八名教师全员的参与，还是我们近三十位层层选拔、推荐最终站上科研年会的分享教师，诸如此类，我们人人参与的频次达到了接近五百人次。这样一个数据实际上反映了什么？反映了"人才高地"是如何产生的，正是这样日日积累、月月变化、年年成长而产生的。

润丰首届科研年会应该就是这样的一个年度盛会，就是指向学校跨越发展的"人才高地"盛装开启，特别是我们教师高端人才的导向培养，在这三天它有了一个集中的展示。当然随着这样的积累，我们的未来一定会有更美好的收获。

二、"智慧高地"的顶层设计：从"模块"说起

大家细心体会一下，我们这次首届科研年会的整体架构顶层设计就是"1+5+1"模块。我们有一个开幕式和一个闭幕式，开幕式上尚教授为我们进行了最前沿的人工智能、新时代未来教育的高端引领，闭幕式上钱教授以自身数十年的成长经历，给了我们每一位教师一个身边的初心不改，矢志不渝的可以借鉴和学习的"草

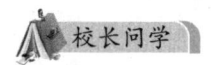

根"榜样，发挥了重要的精神和学术引领作用。他们两位都是高端人才，都是富有智慧的专家教师，他们的智慧都在于不停的思考和实践。首尾这两个"大家"讲堂，正是"1+1"的模块设计。

我们中间还进行了5个板块内容的设计，有学校"'十三五'科研先进个人"的表彰和"学校'十四五'规划"的解读。这两个模块设计，一是指向了我们学校过去，需要总结反思，一是指向了我们的未来，需要我们规划憧憬，这是给大家的一个激励和引领，这就是一种智慧的表现。还有最重要的是我们设置了3个主题分享：读书沙龙、视导感悟、教研课题。体现了"人人参与，人人反思，人人分享，人人成长"的大智慧，努力让我们的年度盛典成为了全体教师走过让人瞩目的"红地毯"，走向享受成功的"奥斯卡"！这是大家的一个荣耀的"巅峰时刻"！这就是"1+5+1"模块的成功。期待在未来的日子里，教师们能够通过自己的再学习、再实践、再分享，让更多的智慧得到更加完美的凝练和升华。

三、"学术高地"的群英荟萃：从"研究"说起

刚刚我们表彰了二十一位在学校"十三五"期间的教科研先进个人。这次评比的原则我们提到了第一是高端目标定位，第二是没有名额限制，只要能达到六个方面的条件之一的，即可成为"十三五"期间的先进个人获得者，最终累计下来五年中，我们有二十一个人次获得这样的奖项，他们做出了很好的榜样，值得我们学习和借鉴。同样从这个数据上可以看出，学校要想完成新十年的发展的质量跨越提升的光荣使命，这个数量是远远不够的。所以今天的首届科研年会实际上就是一种"学术高地"殷殷期许，期许通过科研年会的引领，通过先进个人的表彰，达成"人人有课题，各个有规划"。寒假开始及下学期我们要响应市、区里的"十四五"规划课题的申报，校级教师个人"十四五"规划课题也将同时启动。所有成功的专家教师，你会发现他们无一例外的都是有"研究"课题的。我特别赞赏钱主任的那句话："成长是'长'出来的，是慢慢积累的。"我们呼唤在明年的年度盛会上，能涌现出更多的在教研方面有自己优秀课题的教师，更呼唤所有的教师都能够通过提早规划，将自己的个人专业成长跟职业生涯规划紧密结合在一起。

我想，随着时间的推进，特别是随着教师们总结反思能力的提升，在学校为大家搭建更多的平台，提供更多的人力资源的帮助下，我们的"三个高地"一定越来越丰实、越来越高耸，润丰的未来必将更加美好。

再次对获得"十三五"期间校级教科研先进个人的教师们表示热烈的祝贺，也特别地期待未来有更多教科研先进个人喷涌生长！衷心地感谢为这次年会付出劳动的全体教师和教科研管理工作团队，在前期一轮一轮的参与中，大家都是成长者，都是进步者，都是贡献者。再次热烈祝贺润丰学校首届科研年会第一阶段活动取得圆满成功！期初第二阶段再会！期待明年的第二届教科研年度盛会更加精彩！谢谢大家！

——节选自学校 2021 年首届科研年会闭幕式致辞

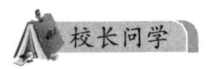 校长问学

高质量：新规划与新基建的"两考合一"？

> ◎背景：2021年2月27日，抓住开学前的最关键时间，北京市润丰学校2021学年度全体教师会暨首届科研年会第二阶段的会议正式开始，全体教师满怀新学期到来的热情参与了本次年会。

这个学期是学校一个学年的第二学期，也是一个自然年的上半年，处在这样一个学年和自然年承上启下的交汇时期，我们应该如何站在历史的交汇点上，站在学期的交汇点上去思考问题，找准方向，准确定位，深入实践，方能体现出我们的智慧，获得我们所期待的效益呢？

我以《高质量：新规划与新基建的"两考合一"？》为题来为大家解读，"两考合一"看起来只是把毕业考和升学考合在一块，但它指向的却是"高质量"！教育部关于今年工作的基调就是"高质量"，因为我们的国家进入了新阶段，要构建新格局，要有新理念。处在百年未有之大变局中，国家的竞争核心就在于"高质量"，因此"高质量"成为我们各行各业的关键词。

再来说"两考合一"，我们要认真思考"两考"是什么？为什么要"合一"？如何"两考合一"？"两考"就是新规划和新基建。在国家整体呼唤"高质量"的前提下，"合一"成了必须，那么如何才能将"两考"更好地"合一"？在这个学期，这一年或者未来更长远的时间，这都将是我们最重要的研究和实践目标。

在今天的"开学第一课"上，我想从三个维度来给大家做详细的分享。

一、新规划解读：彼岸"风景线"

学校发展的基础和面临的形势：

我想学校发展的基础就是过去十年全体润丰人一起取得的成绩，这里简单回顾一下。

构建了和谐党建工作模式；构建了九年一贯制管理机制；构建了一体化德育

体系；构建了七彩阳光课程体系；构建了和谐课堂教学模式；构建了和谐教育育人模式；构建了体育艺术科技特色品牌学校；构建了一支德才兼备的教师队伍。

面向新的十年和新的未来，我们也存在着一些挑战：

新时代对教育教学质量提出了更高目标；新十年对于教育教学的运作机制提供了更多机遇；新任务学校治理能力现代化提出了高质量背景下的新要求和更高标准；新发展对高端教育人才提出了更高要求。

去年我一直在强调的词是"十年"，今年站在规划角度我要强调一个新词"十五年"，我觉得设计一个学校的发展，至少要有三个"五年计划"，以三个"五年"持之以恒地做一件事，一定能够成功。

指导思想：

我们要坚持习近平新时代中国特色社会主义思想，增强"四个意识"、坚定"四个自信"、做到"两个维护"、坚持习总书记所提出的五大新发展理念（即创新、协调、绿色、开放、共享），以上都是我们需要深入思考学习并以此引领工作方向的；坚持"五育并举"，要毫不动摇地在原有基础之上，加大对德育、智育、体育、美育、劳育五大方面的支持。

理念谱系：

学校的理念是"和谐教育"，卓立校长在过去十年就此为学校已经做了比较全面的建构。我们要做好传承工作，并进一步拓展对它的研究，从高度上，从远程长度上，从深度上给大家进行外延和内涵的拓展，深化和高位。"和谐教育"是我们不变的理念。

面向"十四五"和2035年，学校把培养有竞争力的现代中国人作为育人使命。处于百年未有之大变局当中，中国要走进世界的舞台中心，就需要未来有更多的有世界竞争力的孩子们。同时学校将教育理想深化为让学校成长为孩子一生当中的最好的地方，让孩子在这里心灵安宁、胸襟开阔、人性舒展，德智体美劳都得以提升，成为师生的精神港湾。

发展战略：

学校提出了"三步四段十五年"发展规划路线图。规划三步就是以五年为一

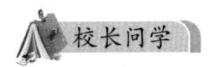

大步；四段则是规划内涵新校，打造质量强校，构建品牌名校，创生理想学校；十五年是指 2021—2035 年。

发展目标：

（一）总体目标：质量上乘；内外兼秀；社会满意；家长热衷

（二）具体目标：

1. 坚持党的全面领导，提升办学质量，把党建引领这篇文章做好。

2. 深化一贯制管理运行机制，提高学校管理效能。我们将继续一体双翼、两擎双部：A 型"飞"体（1222）的这样一种现代化的治理体系和治理能力体系。为什么要用飞机这个形体来解读我们的管理治理结构？因为它是现代治理思想，现代治理思想跟传统的管理是不同的，它有赋能的神奇功能，同时能够自然引导我们从内心感受到学校规划战略的力量。本学期我们还要做更多，首先要强化大学部和研究院的定位。其次要继续深入拔尖创新人才的招募和培养，用行督课、用精彩展示等各种各样的方式去为教师搭建成长的平台。最后最重要的是学校今年要在机制上做出创新——"一体中心化"，要彰显主体、优化功能，构建党的建设中心、课程发展中心、教师发展中心、质量监控中心、学生发展中心、信息资源中心、服务保障中心等。

3. 提升学生综合素质，全面落实立德树人。完善并优化学校七彩阳光德育体系，创建润丰学校评价体系 2.0 版，加强课程德育和德育课程建设，构建具有前瞻式、示范性的德育模式。

4. 加强教师队伍建设，提高师资水平。这就包括学校一直在提的"双高"人才引进计划，更包括学校对在座各位教师的新规划，即"各个有课题，年年有成果"，我们要成为更加优秀的自己，成为自己所期待成为的人才。

5. 深化教学改革，提高教学质量。我想在质量体系上，让我们坚守一个目标，通过五年、十年、十五年不断地去运营，必将达成，成就学校不一样的春天。

6. 深化改革科研管理机制，提升教育教学成果培育效能。在教师的专业成长上，大家一定要有更加精准的目标，和对自己更高更严的要求，学校后续提出的这方面的举措，希望大家积极参与。

7. 做强体艺科特色课程文化建设，提升学生实践创新能力。

8. 强化校园安全管理，创建平安校园。我们要成为北京市的平安校园，优化我们的后勤管理服务。

主要任务与工作举措：

（一）强化党建引领推动，构建学校新发展格局。牢牢把握正确办学方向，发挥党管干部的积极作用，落实意识形态工作要求，落实全面从严治党主体责任。

（二）强化教师队伍建设，构建"两高"人才支撑体系。强化新时代教师的使命担当，优化教师队伍整体构建，加强教师队伍全员质量管理，创新教师队伍校本培训机制。

（三）强化学校文化建设，构建学校的办学理念新谱系。明确办学理念和目标发展途径，强化"做质量提升的跨越者"为学校发展的核心要务；打造"高质量、高品位、高效能"的校园文化环境；做强"校园文化节"，形成主题鲜明内涵厚重的文化节品牌；开展"校风、教风、学风"建设，锻造润丰精神。

（四）强化内部管理，构建"一体双翼、两擎双部"运行机制。创新"一贯制"管理结构，完善"一贯制"管理实施目标，优化"一贯制"管理运行机制，健全"一贯制"管理制度及评价机制。

（五）强化课程建设，丰富七彩阳光课程体系。强化课程顶层设计，明确课程文化内涵；完善课程体系，彰显核心素养育人特色；创新课程实施和评价，铸造品牌课程。

（六）强化德育管理，完善七彩阳光德育体系。完善德育管理机制，提升德育规范性、引领性；创新德育实践活动，丰富七彩阳光德育体系；内化主渠道育人，完善德育课程体系架构；拓展协同育人途径，促进学生健康和谐发展；优化学生评价体系，彰显新十年和谐育人价值。

（七）强化教学改革，构建"问学课堂"教学模式。立足核心素养培育，创新教学管理模式；加强校本教研，构建核心素养导向的教学观；加强课堂实践研究，发展核心素养培育导向的教学策略；加强课堂教学模式研究，建构"问学课堂"教学模式；发展高阶思维，促进拔尖创新人才培养；深化信息技术与教学的

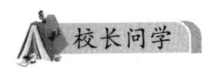

融合，提高教学信息化水平。

（八）强化科研创新，构建"369"教师专业发展培养体系。健全"一贯制"教科研管理机制，创新"一贯制"教科研模式，构建课题研究体系，搭建多样科研平台，促进师生高端发展。

（九）强化体艺科特色教育，彰显润丰教育品牌。提升体育教学质量与体质健康工作的成效，创新艺术教育并创建美育品牌学校，做强科技教育且打造学校科技教育新名片。

（十）强化劳动教育，构建劳动生态"梦想园"。明确新时代劳动教育的时代使命和内涵，开发新劳动教育实践课程体系，寓核心素养培育于劳动教育之中。

保障措施：

这么多的工作构想，我们当然不可能一天完成，但只要持之以恒做，这就会是我们最好的保障机制，学校必定会加强统筹和领导，完善政策和资金保障，建立配套的部门规划，加强监督考核和评价。

二、新基建清单：此岸"施工图"

上学期我们新十年视域的年度主题词是"共筑百年好梦想 同创十年新未来"。今年正好是中国共产党建党100年，我希望大家不用扬鞭自奋蹄，我们润丰的教师一定要拥有政治的敏锐力、领悟力和执行力，先于他人而动，快于他人而动。当然，本学期我们还要继续坚持年度的工作主题不变，即以尊重求稳定，以服务求发展，以规划求创新，以质量求品牌。

刚刚我说到了"新基建"，即新型基础建设，是智慧经济时代贯彻新发展理念，吸收新科技革命成果，实现国家生态化、数字化、智能化、高速化、新旧动能转换与经济结构对称态，建立现代化经济体系的国家基本建设与基础设施建设。后疫情时代，"新基建"之于教育，之于"润丰人"的新启示，之于本学期，学校对"新基建"有了更加创新的计划。以此为基础，学校本学期的工作主题确定为——以新规划引领高质量发展，以新变革夯实高水平治理。简单来说，新的规划能够让大家更好地理解高质量，拥有更充足的内驱力，更主动的变革意识，追寻更高水平的治理能力。本学期我们要完成六大目标强化——强化高站位的党建引领；强化高品位的德育管理；强化高目标的质量监控；强化高质量的科研创生；强化高水准的教师培训；强化高服务的机制运行。与此同时，本学期我们还有很多的重点、创新项目，需要大家积极地去执行，主动地去参与。

三、新开学重点：上岸"先手棋"

本学期我们要把做教育质量提升的跨越者作为我们的目标，要严格做到防疫教学两不误，做到"三高三又"（高度重视，做到严之又严；高端设计，做到细之又细；高效落地，做到实之又实）。我们每一位教师更要上好第一节课，上好第一天课，上好第一次的课！

新学期刚刚开始，习总书记在年度词上提到了牛的精神——老黄牛、拓荒牛和孺子牛。今天，此时此刻，我们在新规划的解读中眺望了彼岸美丽的"风景线"；我们在新基建清单中读懂了此岸精准的"施工图"；我们在新开学重点中抢到了上岸制胜的"先手棋"！上学期已经见证了润丰人的热火朝天，初战告捷。在"十四五"的开局之年，本学期润丰人必将承载着牛年的牛气冲天，怀抱着"三牛"精神，打造润丰更牛的未来！

——节选自学校2021学年度首届科研年会第二阶段暨"校长开学第一课"

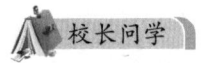 校长问学

真学习　真变革　真和谐　真发展

◎**背景**：作为教师，我们要深刻认识和承担教书育人的职责和使命，要把"学法规""知敬畏""守底线"牢记在心！

基于师德师风建设，我们要不断地深度学习文件，不断地深度解读政策，不断地聚焦政治理论学习。教师的政治站位要高，学高才能传大道，为了这样一个目标的达成，政治理论学习还需要进一步深化、细化。

一、学行为正。学悟贵在行动，学行贵在身正。学习的导向指向行为。行为的方向、行为的挑战、行为的改变，都要正，正气方可凛然，正风更需肃纪。重要的是身为教师要学行合一，尚正为本。

二、学成为范。师德师风学习教育要基于目标、基于问题、基于过程、基于结果，结合当前实际和未来发展，我们强化学成意识，突出价值引领，坚持成果导向，成就示范效应。

我认为，只有真学习，才能真变革，只有真和谐，才能真发展。很期待本次的师德教育推进会能够引起各位教师的高度重视，深刻内省。我们要不断地发扬优点，弘扬正气，敢于斗争，敢于亮剑，敢于自我反思，敢于严肃批评和自我批评，因为师德建设永远在路上。我相信，在大家的共同努力下，我们润丰新十年第一年转型升级的各项工作和事业发展将会越来越好！

——节选自学校小学部师德教育推进会上的讲话

铸魂健体：我们是共产主义接班人

> ◎**背景：** 北京市润丰学校举行2021年第十届校园体育节，全校师生将努力发扬"拼搏，进取，友爱，互助"的精神，勇攀高峰，赛出风格，赛出水平，充分展示个人风采，为班级增光，为校园添彩。每一个精彩的节目都是全校师生对祖国、对党的献礼，也是在以实际行动践行奥林匹克精神。

好雨知时节，暮春也发生。今天，我们在五一节放假前一天的暮春阵雨后，举行以"传承红色经典 追寻冬奥梦想"为主题的2021年北京市润丰学校第十届校园体育节开幕式。借此机会，向第十届校园体育节的如期开幕表示热烈祝贺！向刚才开幕式上全校九个年级人人参与、精彩演出的同学们表示热烈祝贺！向辛勤付出劳动的体育组教师、班主任教师、科任教师、学生家长和社会各界朋友们表示崇高的敬意和诚挚的感谢！

今天，我在体育节开幕式上讲话的主题是"铸魂健体：我们是共产主义接班人"。我想用大家常听到的三句话来表达这个主题，也是大家熟悉的我们少先队队歌的名字。

第一句话是"不经风雨怎能见彩虹"。

今天早晨一场暮春的雨，洗礼了天空大地，也洗礼了我们润丰的校园。幸运的是，这场春雨恰在体育节的开启前刚刚停下，如约而至，而又如愿而止，真是恰逢其时啊！为我们2021年北京市润丰学校第十届体育节拉开了特别清丽的序幕，这是风雨的日子，这是一个特别的日子。恰逢其时的还有，这是百年党史的盛世时节，无论是百年党史、党史百年，还是我们的人生成长、成长人生，一定都是要经历各种各样风雨考验的。正如雷锋说过，温室里的花朵是不能经受风雨的，笼子里的雏鹰是不能翱翔蓝天的。在风雨中经历过、得到的，才能有光明的未来。我想，彩虹就在今日，彩虹就在明天，我们的未来在风雨中茁壮成长，我们的未来充满阳光，因为阳光总在风雨后。我们是共产主义接班人，就要这样的"经风雨，见世面"！

第二句话是"唱支山歌给党听"。

今年是2021年，是中国共产党成立一百周年。100多年前中华民族遭受世

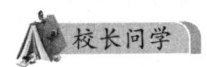

界列强的侵略欺侮，被称为"东亚病夫"。1921年中国共产党的诞生是中华民族五千年历史上，特别是近代史上的开天辟地的大事变。正是在中国共产党的领导下，我们国家、民族和人民的苦难才得以根本性改变，我们才从积贫积弱走向独立、民主、富强！我们要感谢我们的中国共产党！唱响"唱支山歌给党听""没有共产党就没有新中国"等红色歌曲，感恩我们伟大的中国共产党！因为没有共产党，就没有我们今天的美好生活，就没有中华民族伟大复兴的今天、明天。作为新时代儿童少年学生，作为少先队员、共青团员，我们要永远听党的话，跟党走，永远按照中国共产党指引的道路向前进！我们是共产主义接班人，就要这样的"唱红歌，铭党恩"！

第三句话是"更快、更高、更强"。

今年是2021年，明年就是2022年。2022年将在我们中国举办"北京冬季奥运会"，这是继2008年北京夏季奥运会之后，我们中国第二次承办的世界最高级大型运动会，这次冬奥会的主题是"纯洁的冰雪，激情的约会"。奥运精神是"更快、更高、更强"，不仅展现在炎热的夏季，也展示在"暴风雨"的锻炼中，冬奥会也是这样精神的传承展示。我们追寻冬奥梦想，更要在冬季寒冷的冰雪天地里展示人类的"更快、更高、更强"精神面貌。今天，同学们体育节开幕式上的演出展示，很成功！很亮丽！很精彩！今天展示了整齐的网球操、篮球操、冰雪操，动感的曳步舞、街舞、歌舞，这些成功展示是怎么来的呢？是在哪里训练的呢？是在之前的平常课堂上、大课间运动场上，中午的阳光下，因为只有这样的烈日暴晒，汗流浃背，风雨的相伴，才会练就我们强健的体魄，才能成就未来共产主义接班人的伟大身躯。因此，我们发扬奥运精神的"更快"是速度和激情、"更高"是高度和力量、"更强"是强度和辉煌。冬奥即将来临，更重要的体育精神，重要的在儿童少年时代身体发育的最好时期，要强身健体，才能为你们的健康成长打下很好的物质基础，才能为你磨炼更好的精神品质。我们是共产主义接班人，就要这样的"练体魄，强精神"！

最后，再次预祝我们的体育节圆满成功！祝同学们身体进步！学习进步！思想进步！一切美好！

——节选自学校2021年体育节致辞

百年之歌：在灿烂的阳光下

> ◎背景：北京市润丰学校召开"百年之歌——学党史 听党话 跟党走 展风采"2021年第十届校园文化节开幕式暨庆六一活动。

这首"百年之歌"是什么歌？

她是一支红色的经典之歌。

中国共产党从1921年走来，到今年成立100周年。过去的一百年，我们能够生活在灿烂的阳光下的原因是什么？正如这首经典的歌词中说："从小他就听爷爷讲，吃水不忘挖井人。"同学们，你们知道谁是挖井人吗？知道是谁做了一个颠扑不破的真理吗？知道是谁在重重苦难当中引领我们走向如今阳光灿烂的时代吗？过去的一百年，是中国共产党带领我们的先辈，用自己鲜红的血走向了新中国，成立了新中国。为什么我们的活动主题是"百年之歌"？那是因为百年之歌，就是"没有共产党就没有新中国"，有了共产党，才有了我们的新中国，才有了我们的灿烂阳光！我们要将这首"百年之歌"一直传唱下去！

这首"百年之歌"还是什么歌呢？

她是一支绿色的校园之歌。

我们的校歌《在灿烂阳光下》与校长致辞题目中的"在灿烂的阳光下"只相差了一个字。不知是历史的巧合，还是我们的卓立校长在十年前的和谐思想与我们这首经典之歌的天然吻合。"和谐教育"就是一支绿色成长的歌。润丰学校的校园是美丽的，润丰学校的"和谐教育"思想是绿色的。我们健康地成长，我们快乐地成长，我们在党的阳光下竞合花开，茁壮成长！"听党话，跟党走"，在百年建党之际，我们学百年党史，我们展学习风采、艺术风采。在这首自由、健康、崇尚真理的绿色校园之歌中，我们健康快乐地成长。在灿烂的阳光下，我们生在过往百年和新的百年的交接之时，在这重要的转折交汇点，我们要高呼，我们要将这首"绿色之歌"一直传唱下去！

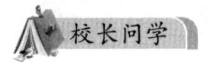

校长问学

这首"百年之歌"更是什么歌呢?

她是一首七彩的未来之歌。

今天我们举行的是建校以来的第十届校园文化节,要展示出在七彩阳光下,七星少年努力奋斗的独特风采。在这里,我们即将舞动;在这里,我们即将欢唱;在这里,我们书画表演,我们戏剧朗诵,我们充分展示自己的艺术才华。这些才华是你们的尚美之心,你们追求美,追求真理,追求真善美,这就是一首未来之歌。相信在中国共产党的领导下,我们这首"百年之歌",一定会在2049年新中国成立一百周年时,更加动听隽永!更加辉煌永恒!所以我们更要将这首"未来之歌"一直传唱下去!

我宣布,"百年之歌——学党史 听党话 跟党走 展风采"2021年第十届北京市润丰学校校园文化节开幕式暨庆六一活动顺利开幕!向大家表示热烈祝贺!并向前期为本次活动付出辛勤劳动和智慧的各位教师、学生、家长及各界朋友们表示衷心的感谢和崇高的敬意!预祝本届艺术节和庆六一活动圆满成功!

——节选自学校第十届校园文化节致辞

师生篇

青青子衿，悠悠我心

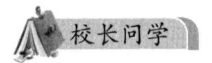

校长问学

2020 润育生命　非常挚爱　丰泽成长

◎背景：为科学应对新冠肺炎疫情，学校进行全面封闭管理。为给同学们留下完美的毕业记忆，2020 年 7 月 3 日，北京市润丰学校特召开主题为"2020 润育生命 非常挚爱 丰泽成长"的 2020 届学生线上毕业典礼。

教育是最美的相遇，今年是你们毕业之年，也是润丰学校办学的第十年。

六年级的孩子们，毕业是你们学生时代的第一次清脆的拔节声，也是你们即将从金钗之年步入更美好的舞勺之年，这是美丽的豆蔻年华，相信你们的未来会更加美好！毕业之际，我送大家三句话：

第一句话是人生最美第一次是因为润丰学子成长真快乐！

第二句话是清脆的拔节声是因为成人成才大收获！

第三句话是未来更美丽是因为润丰未来更美好！

我们的校园还会"扩大"，会增加一个几十亩的实践生态园，让同学们拥有更多的体验空间；将会有更多高科技的设施进入我们的校园，让同学们始终身处高科技的体验之中；我们的课程将会更加时尚，新开设更加丰富、更加圆满、更加有针对性的 AI 课程，让同学们获得更多的收获和乐趣，感受学习的快乐；我们的教师队伍也会更加壮大，将会引育学识渊博、经验丰富的全国特级教师、正高级教师、省市学科带头人和更多有活力、有潜力的博士、博士后等高学历年轻教师加盟润丰教师大家庭，让同学们感受更加丰盈的基于新高考、新中考的新课程学习，更加生动有趣的课堂，感受更加崇高大爱的教育情怀！

九年级的孩子们，母校好阳光啊，在润丰的七彩校园里成长的我们是阳光的、快乐的，这让我们更加从容地应对即将到来的挑战；英雄出少年，我们定要展现出少年应有的本色，努力成为时代中坚；大志在远方，少年美好，而青春更富有朝气，我们要立大志，不负年华，开启青春学习的新航程！

——节选自学校 2020 年线上毕业典礼上的讲话

师生篇

迎着挑战，我们向着美好进发

> ◎**背景：**为科学应对新冠肺炎疫情，北京市润丰学校进行全面封闭管理。学校特召开 2019—2020 学年度七、八年级线上结业式。

作为润丰的新校长，我很高兴用这种云端线上的特殊方式跟大家进行第一次见面。在过去的一个学期里，我们只到校了两三周，但是我们的心始终都在一起，因为润丰和谐教育的理念，让我们紧紧地团结在一起。

大家都知道润丰学校到今年已经办学第十年了，在老校长卓立的领导之下，润丰已经成为拥有近四个亿资产投入的优质学校，设备先进，文化和谐，我们各类的学习场馆、锻炼场馆，在全国也处于一流水准，我们连续五年获得中考优秀奖等，这都是我们过去十年的丰硕成果。

今年我们经历了特殊的一个学期，如今我们即将结束本学年的学习生活，迎来新一个年段的学习，特别是我们的新九年级，即将面对的是一个新的中考。我想送给大家三句话。

第一句话是精准化。

我们处在一个人工智能的新时代，5G 大数据扑面而来。通过这次新冠肺炎疫情，同学们也可以充分地感受到，正是由于技术的现代化，我们才能在困难重重的情况下，在线上云端建立起一个全新的学习生态，但是这个全新的学习生态更需要我们每一个人能够精准定位自己，只有精准地定位了自己，才能在这个特殊的学习方式中获得真正的收获和成长。

同学们，你们一定要清晰地明白自己为什么要学习，为谁而学习，通过这次的新冠肺炎疫情，通过中外的比较，通过武汉、北京的抗疫经历，我们能够真切地看到我们的中国共产党，我们中国的特色社会主义制度是无比优越，无比坚强的，我们应该为自己身处实现中华民族伟大复兴的特殊年代而感到骄傲。在这样的时代里，更需要我们少年的雄心壮志，同学们要精准地认识到自己未来的使命

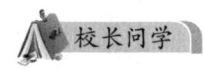

和自己未来学业当中所需要进步和达到的状态，如同我们这个时代一样，这就是精准化。

第二句话是差异化。

即将开启的暑假，不是用来拉开差距的。差距和差异，一字之别，相差甚远。很多聪明的同学，有想法的同学，有精准定位自己的同学，一定会积极利用假期的时间，根据自己的特殊情况来满足自己兴趣爱好的长处和短处。未来即将面临新中考、新高考，它将会是一种选班走课的方式，让同学们围绕自己的兴趣、爱好、特长和你未来从事的终身职业做选择，这种选择就是要体现自己的差异，这种差异没有好坏之分，只有适合与不适合。

即将开启的暑假，恰恰是同学们根据自己的兴趣爱好，在老师和家长的指导之下，找到适合自己的方式的一个好机会，相信大家一定能够坚持进取之心，更加有序、更加和谐地成长。

第三句话是个性化。

正因为有精准的自我定位，正因为有正确的差异选择，才更需要我们有个性化的学习方式和学习潜能的再开发。特别是对于我们还有一年和两年就要中考的学生来说，我们要迎着挑战，向美好进发。最近学校在不断地认真研究，要为新学期，新十年的润丰学子提供更加美好的课程，更加适合的课程，更加拥有竞争力的课程，更加能够培养大家成为优秀人才的课程，希望大家都能够在其中开发出自己更多、更大的潜能。

我要说，人人都是创新人才。我们每一个人都是一颗生命的种子，拥有种子的无限力量，同学们要充满自信，在你们的身上拥有着极大的创造性，而我们新的中考和高考就是要发现和培养这样的拔尖创新人才。

我还要说，人人都是可造之材。新的高考，新的中考呼唤的是什么？是我们中华民族伟大复兴和两个百年的中国梦的实现。到明年2021年就是中国共产党成立100周年，也是我们第一个中国梦即将实现的时刻。同样到2049年新中国成立100周年的时候，也是我们第二个中国梦实现的时刻。而这两个时刻，我们的同学们都正处于学习的关键时刻，大家要有大志，因为英雄出少年。

我作为新校长，高度地重视你们，特别地关注你们，将最美好的期待放在你们身上，相信在未来的日子里，在即将开启的暑假和新学年中，我们一定会在这样一个新的生态当中寻求新的常态，也在这种新的常态当中，见证每位同学的智慧和汗水。

——节选自学校七八年级2019—2020学年度线上结业式上的讲话

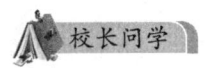 校长问学

2020年，我们的特殊成长

> ◎**背景：** 为科学应对新冠肺炎疫情，北京市润丰学校进行全面封闭管理。学校特召开2019—2020学年度一至三年级线上结业式。

2020年，是一个特殊的年份。我作为润丰的新校长跟同学们在云端线上第一次见面，我非常高兴，有三句话想与大家分享。

第一句话是疫情中的润丰依然和谐。

从2010年建校至今，我们的学校历经了十年。在尊敬的老校长卓立的领导下，十年来，我们坚持和谐教育的理念，得到了政府、社会、家长各界的大力支持。到现在为止，我们已拥有了近四个亿的固定资产，这是我们的骄傲，是我们十年办学的丰硕成果。

七彩的阳光永远普照在同学们的心里，和谐教育在2020年的润丰校园里，在2020年每一个润丰学子身上，在2020年每一个润丰学子的家庭之中。这样的教育让整个润丰在新冠肺炎疫情期间依然和谐平稳，与我们了不起的中国共产党和中国人民一起共同迎接着最终的胜利。

第二句话是和谐中的收获别样精彩。

我们低年级的小朋友们特别优秀，虽然是在家里，但是在家长、老师和自己的共同努力之下，不仅适应了延期开学的线上学习，还进行了丰富多彩的活动，获得了许多收获和成长。新冠肺炎疫情给我们带来的是一个新的生活样态，也给我们带来一个学习的新样态，这种别样的学习生活将是我们每个人成长的宝贵经历。

第三句话是精彩中的同学们充满快乐。

学习将是我们小朋友们一生的好习惯。在学习的旅程当中，我们还会遇到与今年新冠肺炎疫情类似的各种各样的挑战，但是同学们，这些都将见证我们的成长，这样的成长一定是更有意义、更快乐的。

希望大家假期能够充分休息好，同时根据老师提出的要求，在保证安全的基础上，安排好假期的学习和生活，度过一个充实快乐的暑假。期待在新冠肺炎疫情之后我们都能够平安回归，在美丽的润丰校园中相聚。

——节选自学校一至三年级2019—2020学年度线上结业式上的讲话

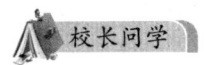
校长问学

润丰新十年：还您一个卓越好少年

◎**背景：** 为科学应对新冠肺炎疫情，北京市润丰学校进行全面封闭管理。学校特召开2019—2020学年度四、五年级线上结业式。

各位同学，各位老师，各位家长，大家好！我作为润丰的新校长跟同学们在云端线上第一次见面，我非常高兴。我为其他年级录制了结业式的讲话，特意将现场讲话的机会留给了我们的四、五年级，也就是说，我们下学期的五、六年级，对于你们我寄予着特殊的希望。

大家都知道今年是我们润丰学校办学的第十年，在过去的十年当中，我们在老校长卓立的带领下，贡献自己的才华和智慧，获得了跨越发展。我们的投资资产已经达到近四个亿，在全市乃至全国，我们的办学条件，我们的文化氛围都是一流的。我想我们四、五年级的同学们已经享受到了这些优越的物质条件了。当然，我相信大家在学校的这四五年中，也已经感受到了润丰和谐教育的魅力，在七彩阳光下，同学们五育并举，全面的发展。以上这些都是我作为新校长，一定要继续坚持的。

大家也一定想知道新校长到底是谁吧？我叫张义宝，是教育部的骨干校长，也是省市特级教师，来我们学校之前在朝阳区教育研究中心做党总支书记，教研中心副主任兼教研室主任，分管我们的义务教育阶段，还有课程、职成教研室等。我想组织上在润丰第二个十年开启的时候，将我安排到润丰来，接任我们卓越的卓立校长继续成就润丰的卓越，我感到十分荣幸。

我们在九年一贯的办学体制当中，十年应该是获取优异成绩的时候。但是面向新的事业，面向新的时代，特别是我们中华民族所确立的两个复兴的中国梦，应该是我们现在四、五年级同学们要经历，要见证和建设的。所以，我想从三个维度来表达我们润丰学校的新十年。

一、疫情见证你们的卓越成长

我们有很多的同学在疫情期间通过各种方式，参与了各类的活动大赛，展示了自己的才华，这些都是很优异的表现。而更重要的是在疫情期间，我们四、五年级的同学经历停课不停学的居家学习，这个居家学习可是见证卓越孩子的一个最理想的空间，一个大有作为的空间。

疫情期间，我们的学习仍然在继续，我们的生活依旧在继续，我们抗击疫情的行动一直在增强，我们经历了一次心理的历练，更经历一种新形态的学习生态，这其实就是未来时代、未来社会学习的样子。人工智能时代已经到来，而人工智能时代的线上云端、5G、大数据、区块链、物联网等，就会改变我们传统的学习方式，形成新的学习生态。据我了解，我们绝大部分的同学都在疫情期间对自己的居家学习进行了很好的思考，很多同学注重了自己全面发展，更多的同学还整理了一套属于自己的居家学习形式，形成了新模式、新流程、新习惯。

同学们，在疫情中你经历了，适应了，收获了，保持了学习者的常态，创建了新形式，更形成了适合自己的新模式，这就是卓越少年的表现！

二、九年一贯呼唤培养拔尖创新人才

九年一贯制是我们学校的一大优势，经过我们最近的研讨，准备将我们的润丰分为"十年四段"，特别强化幼小和小初的衔接，未来我们还会拓展到国际教育，甚至高中。我们建立这样的新学制，就是要在四段当中集中力量培养拔尖创新人才，我们祖国过去的经历和现在的遭遇告诉我们，要想强大起来，就要拥有属于我们国家自己民族的拔尖创新人才。润丰学校作为拥有着九年一贯优势的学校，我们更应该在拔尖创新人才培养上，着力加强。

为此，我们将建立三大课程体系：

（一）AI课程。AI也就是人工智能，我们已经跟北京最好的中关村博士团队进行了对接联系，从下个学期开始，我们将分学段建立AI课程体系，一直贯通到九年级，其中我们在四到八年级将建立五年一段的AI课程竞赛体系，也就是说利用五年左右的时间，提升同学们在这个方面的科技能力、创新能力。

（二）AR课程。AR也就是虚拟现实增强，我们将侧重六至九年级创建一个虚拟增强实验室。这个实验室将使用最先进的系统，突出物理、化学、生物科技等彰显核心素养能力的课程，会特别适合同学们居家学习使用，支持线上云端

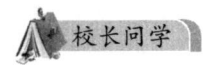

的学习，同时培养同学们理科方面的动手能力。

（三）"五三"竞赛课程。这个课程对我们四至六年级的同学来说特别重要。教育部刚刚颁发了教育部认可的五大学科竞赛，共分为三大类35项。以第一大类的科技创新为例，如果现在大家就能够在这个领域有基础的话，那么未来像清华大学、北京大学这些一流学校，甚至国际名校都会对你优先考虑。第一大类科技创新占竞赛类型的60%，而在这60%当中又有60%是属于人工智能机器人，这将成为学校的一个拳头产品。学校专门引进了博士教师，准备从四年级开始对同学们进行这方面的学科竞赛专项培养和个性化培养。希望有这方面基础的同学加盟，学校将为你打造最好的平台，没有基础的同学也不用沮丧，学校会为你们从头安排课程，确保你比别人早行一步。同学们，你们正处在最好的学习年龄，拥有无限的潜能、无限的智慧，我相信学校的这些新举措、新课程一定会让你们喜欢，让你们的未来拥有更多的可能。

三、英雄出少年是因为机会总是留给有准备的人

俗话说，英雄出少年，大志在远方。有一句话叫做机会总是留给有准备的人，面对即将到来的暑假，北京市教委、朝阳区教委提出了"七个一"，我对其中几点印象深刻，一个是要求大家参加网上阅读，大家知道今年高考语文其中一个作文题就是让考生说说怎么读《红楼梦》等经典名著。同学们，暑假有一个多月的时间，大家当然要以休息为主，安全第一，但是也不要忘了北京市网上云课堂为大家免费提供的一千多本名家名著。再一个就是网上夏令营，通过网络，我们居家也可以感受外面的世界，甚至可以穿越时空，这就与学校即将开展的AI、AR课程相同，都是用最好的技术和最完整的课程资源，让同学们找到最好、最适宜、最有效的学习方式。还有一个就是认真完成暑假作业，这里的作业包括市区要求和学校安排的，都是有趣有意义的作业，是让大家劳逸结合的作业，希望大家能够在家长和老师的指导下认真完成。

学校的新十年会给每一个学生制定个性化成长菜单，我相信每一个人都是拔尖创新人才，也一定要把你们按照这个方向进行开发和培养。这就要求你们自身要认真重视，抓住暑假这个机会，不要在一个半月之后，你跟别人的差距不仅没

有缩小，反而拉得更大。然后等你下学期无论是到校复课，还是继续居家学习，又再次和别人拉开了差距，这是多么可怕啊。

在继续做好抗疫的前提之下，希望同学们度过一个快乐的、有意义的假期，同时也借此机会，向各位家长表示亲切的问候，祝你们身体健康，培养孩子永远是你我共同的责任，也欢迎有想法的家长，或者有需要的家长，都来跟我沟通，尽管没有正式的开学，但是假期将是我跟大家交大朋友、真朋友、好朋友的宝贵时光，期待我们的朋友之约！

——节选自学校四、五年级2019—2020学年度线上结业式上的讲话

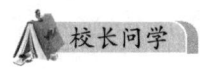 校长问学

风华少年　未来可期

> ◎**背景：** 8月29日，北京市润丰学校2020级七年级新生正式踏入了校园。开始了为期三天的入学教育，这是为了贯彻落实《中小学德育工作规程》，促进七年级新生更好地适应中学生活，增强团队意识、合作意识，养成良好的日常行为和学习习惯，形成良好的班风、学风和校风，进而促进学生综合素质的提高。

亲爱的新初一同学们，你们的未来将会抵达哪里？你们的少年梦想是否能够实现？你们一切新的旅程都将从今天润丰的新校门——北门开始。在最美好的豆蔻年华，你们来到了润丰，而同时你们最美好的青春年华将在哪里度过也将在润丰得到答案，你们理想的高中，理想的大学，理想的人生是什么？都将从你们踏入润丰的这一天开始。今天我和书记专门在北门迎接大家，就是想要表达对大家最美好的祝愿，来到润丰就要有长远的眼光，来到润丰就要有细致的规划，来到润丰就要和大家一起去创造最美好的未来，有想法、有创造、有意志，我们就一定能够实现心中最美好的愿望，这个美好的愿望一定能够成就我们个人的幸福，家庭的期待！希望全体同学从进入润丰的第一天就共同携手努力！亲爱的同学们，你们的美好就从今天开始！

——节选自学校七年级开学教育时的讲话

| 师生篇 |

润丰新十年　新征程的"新基建"

> ◎**背景：**2020—2021新学年开启，北京市润丰学校迎着朝阳走向新的十年。回首过去，我们上下求索；凝望未来，我们满怀憧憬。在新十年伊始之际，润丰人带着新责任、新使命，奔赴新征程。为此，润丰学校全体教师齐聚一堂，召开新学年全体教职工大会，特殊的时间节点赋予了此次会议深刻内涵与重要意义。

遇见是最美好的相遇，教育是一场美的相遇，相逢是美妙的遇见。调任润丰学校70天以来，由于新冠肺炎疫情特殊时期的原因，今天是第一次与全体教师面对面交流，我无比期待，同时也无比喜悦。能够在人生工作的最后一站与润丰结缘，是我的荣幸之缘与使命之责。

润丰的十年过往之于我们朝阳区、北京市乃至全国都有着特殊的意义，有着非同凡响的影响。新学年新学期的"校长开学第一课"，呈现了这70天以来我们一起畅想未来的美好愿景，可以说是暑期党员干部培训班扩大会的再延续，再思考，再解读，再视域。

党的十九大党章修正案指出："到建党一百年时，全面建成小康社会；到新中国成立一百年时，全面建成社会主义现代化强国。"2020年是十八大提出的全面建成小康社会的百年目标实现之年，是润丰学校建校十周年的收官之年，更是新十年的开启之年，我们的润丰未来十年一定要放在这样一个国家和民族的战略布局当中。在当前社会形势，新学期的开学复课对于教师、学校以及国家都是一次大考，而北京作为政治中心、文化中心、国际交往中心、科技创新中心，届时北京教育平安就意味着全国平安，全国平安就是世界抗疫的模范。在百年中国梦的背景下，润丰学校与国家民族命运同呼吸共命运，我们一定要有十年的视野来创新未来。从特殊的时间方位、历史方位和地理方位来看，至2030年，是我们润丰又一个十年收官之际，那时的北京市、朝阳区以及我们的学校，一定是更加的美好，一定是质量上乘、内外兼修的百姓心目中的最好学校之一。那样一种

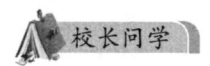

梦想成真的日子一定会到来！

今年学校的年度工作关键词是："以尊重求稳定，以服务求发展，以规划求创新，以质量求品牌"，我们要围绕"稳定、发展、改革、尊重、服务、规划、创新、品牌"等要素，共谋润丰新十年发展新纪元。

"稳定"要求我们首先一定是尊重我们的历史，同时它一定是要满足需求的。当我们在总结过去、面向未来的时候，如果大家都有一种渴望润丰变化，变得更好的这种变革心理，而满足这样一个需求，才是真正的稳定的本质要义和强大支撑。"发展"就要靠学校层层的领头雁和旗手，而写在我们领头雁和旗手身上的是优质、优良和精准的服务品质，这种服务是一种管理意识的嬗变。对于全体润丰人来说，要有"人人都是管理者，人人都是被管理者，我就是管理的主人"的无为管理的意识和境界，或者是一种角色的自我定位。"以规划求创新"，要求我们明晰与过往的不同、创新的意义，这是战略的问题，也是方向性问题和历史性问题。历史是不能假设的，这是规划的重要环节。新十年要规划好未来发展路线，发展目标，发展方向，没有这样一种战略规划，我们不可能达到人生的最高境界，凡事预则立。"以质量求品牌"——稳定、发展、创新，最终的目标为求得一个质量的品牌。置于新中考、新高考背景之下，我们要更加高度重视质量建设，没有质量，就没有学校真正的金字招牌，真正的金字招牌就是要满足大众的需求、百姓的需求，秉承和谐教育理念，在传承中发展，在发展中创新。为此，我引入"新基建"的名词，来类比润丰的未来发展方向。"新基建"即新型基础建设，是智慧经济时代贯彻新发展理念，吸收新科技革命成果，实现国家生态化、数字化、智能化、高速化、新旧动能转换与经济结构对称态，建立现代化经济体系的国家基本建设与基础设施建设。新型基建，智慧经济才是我们未来民族复兴、国家富强的立身之本。面向新时代，我们现代化经济体系的国家基本建设和基础设施的东西才叫做新基建，它主要的特征是鲜明的创新性、整体性、综合性、系统性、基础性和动态性。类比后疫情时代中国的发展转型，润丰在新的发展阶段也将是一个转型升级的阶段。当前，我们在 AI 项目、学段贯通、"1222" A 型飞体新机制工作体现了我们润丰"新基建"在信息、融合和创新三个方面的具体构筑对应。对于学段贯通，类比于新基建强调融合，学校的发展也要融合。

过去十年，卓立校长为学校的发展奠定了坚实的"和谐教育"基础和品牌，成效卓著。面向新十年，我们要百尺竿头，更进一步。新学年新学期，我为大家做了十点深度追问和任职七十天的若干践行解读，从工作主题精准拟选到组建规划编制项目团队、制定工作方案到总结和计划工作的撰写；从"十年四段"学制整体改革实践探究到优化教师建设的"369"培育计划和"高学历高学术""两高"人才引进；从通过大学部的建设实现学科高效贯通到通过"一体双翼、两擎双部"新机制完善管理结构；从通过重点项目研究院的建设，提高课程的核心竞争力到优化和谐课堂建设实现课堂变革创新；从优化学科大数据分析系统、精准监控教学质量到校本化、学本化、个性化的课程资源建设等，希望大家认真学习反思。

润丰的新十年发展践行已经在有条不紊展开了，在过去的七十天，我们先后开展了九年级"十五天快闪冲刺行动"；"迟见不如早见"的四场不同方式的师生结业式；"聚焦领头雁的旗手"暑期党员干部培训班；新七九年级云端"家校动员令"；院部两翼组团大行动——两轮全员十三场高端培训等等多项工作。

我站在一个新校长、新角色的角度，在润丰新十年将秉承和谐教育的理念，践行和谐教育的思想，推动润丰和谐教育新时代新阶段的新发展。面临新十年，作为一个新校长，首先要放空自我，每次看到我们要把润丰办成"让家长放心地把孩子和孩子的未来托付给我们"这样一种教育理想的时候，夜不能寐。这七十天，在座的每个人都不同程度的跟过去的自己也有所不同了。我们在密集调研，细致探索，在做好过去十年办学成果的经验、亮点和特色的梳理过程当中，专门成立了一个规划研究院，专门召开了班子会议，研讨交流会，还要拿出半年的时间对这个话题继续向下进行，并完成第十六届区教学成果奖的申报。这件事既是对老校长过去十年办学的高度认可，也是对我们在座的每个润丰人风雨同舟十年成果的伟大尊重，终将是我们新十年办学汲取营养的丰沃土壤。

本次会议解读的工作计划是一个草案，我们在回顾过去十年、五年甚至过去这一年的工作成果时，我们的事业要面向未来十年，面向"十四五"规划和今年这一年，这就是今年每个人的计划。总结和计划不是我们学校或者不仅仅是我们

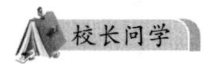

每位教师的个人规划，而是每个学科、每个学段、每个年级组、每个班级、每个孩子各个方面的规划，我们要用这样的连接来给未来规划。我希望大家通过这样的一种形式，使每个连接段形成一个小团队，形成一个心灵融合体。这样我们把每一个关键的点位连接好了，我们这十年就贯通了，而贯通的力量就是融合的力量。

针对我们的开学工作，我要强调"防疫教学两不误"的"三高三又"和"三个第一"，请大家务必做到"防疫零失误无差错，教学零距离都喜欢"，教师怎样上好开学第一节课，第一天课，第一次课的落脚点，落实到"一切为了新中考"的"立德树人，全面发展，五育并举"本质要义，做教育质量提升的跨越者，实践新理念，探索新方式。"一切为了培养担当民族复兴大任的时代新人"。历史出现波折很正常，越是在这样艰难的时刻，方显英雄本色，方显大德之心，放空自我，新十年需要彰显过人的才华、生命的力量。春天的铃声才能带来夏天的火热，夏天的火热定会带来秋天黄澄澄的收获，这份收获我们除了品尝，我们还会储藏，留在冬季孕育继续等待厚积薄发的又一个春天，她的铃声还会再度响起。那时候的铃声将更加清脆，将更加地悦耳动听，也将飞向更加遥远的地方。

——节选自学校 2020—2021 学年度全体教职工大会上的讲话

新十年：做AI时代梦想成真的润丰人

> ◎**背景**：2020年9月1日，北京市润丰学校召开"共筑百年好梦想 同创十年新未来"开学典礼。

今天，2020年9月1日是一个特别的日子，早上在我们的校门口有几位特殊的客人——AI机器人形象使者，它们在向同学们招手、问好：欢迎你们回到久别的美丽校园。

不止如此，今天还有一个特别的自然现象，不知道大家发现了没有？抬头看，蔚蓝的天空中白云朵朵，这正是"蔚蓝天际梦的颜色，祥云世界吉的符号"。因此，我今天给大家发言的题目就是《新十年：做AI时代梦想成真的润丰人》。

今天，我想跟同学们说三个方面的话题：

一、新百年，需要我们特别有"志"

这里所说的有"志"，是志气的志，少年志的志，立大志的志。

2020年是我们中国共产党带领全国人民全面建设小康社会的收官之年。明年2021年将是我们学校新十年的开始，更是我们国家一个大喜的之年——中国共产党成立100周年，第一个中国梦的实现之年。

在新十年，在我们新百年梦想达成的时候，需要我们润丰每一位教师，每一位同学，每一位家长都做一个特别有志的人。志就是为中华民族的伟大复兴，为中华的富强做一个有利于我们社会的有大志向、有德行、有才干的未来的建设者和接班人；志就是今年全球抗疫的背景下，我们坚定地相信我们中国共产党的伟大，坚决地相信我们社会主义制度的优越，坚定地相信我们中国很了不起，全球抗疫，中国最难开始！全球抗疫，中国最早成功！这就是中国！

我们在座的每一位同学，你们都是好样的，疫情时代的学习，创造百年以来一个新的社会形态，新的学习形态，新的生存形态，你们在这当中已经经受了特别的成长。至于未来社会，那将是一个人工智能的时代，是一个科技迅猛发展的时代，对于人工智能拔尖创新人才的渴求即将成为必然，我们润丰人要从现在开

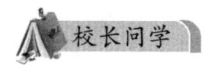

始,先人一步成为这方面的新人才。未来中国要站在世界舞台的正中央,一定不会缺少像同学们这样的有大智慧的润丰未来优秀的毕业生!

二、新十年,需要我们特别有"梦"

梦想是美好的,同学们,你们现在正处在这个有梦的年代,这是你们的天性,也是你们的潜能。我的可爱的孩子们,你们都即将迈进自己生命中的奇迹年代,迈入自己人生能量的勃发时期,迈入自己最伟大的爆发力量的时期,这是多么美好啊!你们应该有梦,应该敢于有梦,应该敢于做梦!

今年是我们润丰办学的第十年,也是我们润丰第二个十年的开始,过去我们在老校长的带领下,建立了和谐教育的文化景观,也建立了我们"全面发展、五育并举、立德树人"的好基础。我借开学典礼向卓立校长表示敬意,也代表我们同学们向他表示致意,他永远是我们润丰人的骄傲和光荣。我们一定秉承和谐教育的理念,我们一定会开创润丰未来新时代的更加美好的前程。

同学们,我是新校长,是张校长,也是特级教师,全国骨干校长,有机会来到润丰,跟同学们、老师们一起来建设润丰更美好的新十年,我特别光荣,也特别自豪,更特别愿意跟大家一起来撑起我们共同的梦想。

润丰未来十年一定是一个拔尖人才层出不穷的时期。未来的十年一定是一个人工智能 AI 进入我们寻常百姓家的时代。从新学期开始,我们所有年级都将同时引进人工智能课程,人工智能是一种理念,它要求我们不断地创新,不断地变化,不断地接受挑战,要求我们要有自己的智慧,在学习上要有目标,高远的目标,要给自己订立一个个不同时段的目标。

暑期我们润丰成立了八大学部、八个项目研究院,让我们的老师进行高端的培训,我们还将增设 AR 课程、理化生实验课程和在国家课程的基础之上直指各类竞赛的"五三"课程,一定要为新学期、新学年、新十年,提供好菜、提供大餐、提供美餐,让同学们根据菜单来选择、来学习。润丰一定会成为大家考上理想学校的一个加油站,一个催化剂,一个孵化器。

三、新学年,需要我们特别有"劲"

新学年需要我们特别有劲,有力量、有智慧、有勤奋地付出。"千里之行始于足下""凡事预则立,不预则废"。

同学们,当我们有志有梦,就特别需要我们围绕这个梦想,实现大志,认真去执行,要每一天的每一堂课,每一门课程,每一次的运行,每一次的作业,每一次的考试,每一次的班级活动,每一次的社团活动都将成为我们梦想实现的基础,要特别有劲地去执行。因此我希望同学们形成以下四个好习惯:

一、让问好成为习惯

昨天、今天我都看到我们的同学们,见到我,见到我们可爱的老师都会说,校长好,老师好,校长早,老师早。我见到同学们也会说,小朋友们好,小朋友们早,同学们好,同学们早。真正有品位的人,会是一个落落大方的人,他见到人会很有礼貌。我们校园的七星少年当中就有一个文明之星。当你向别人问好时,露出你的微笑,那是最美的姿态,因此请让问好成为我们的习惯。

二、让读书成为习惯

同学们来到学校是学习的,因此来到校园要多读书,读好书、会读书。我们要经常拿着一本书,无论校内校外、课内课外,手不释卷,读有字的书,读无字的书,读生活的书,读社会的书,读人生的书,一句话"让读书成为最美的校园姿态",因此请让读书成为我们的习惯。

三、让安静成为习惯

我们说在操场上生龙活虎,是你美丽的姿态。校园里轻声漫步,也是你美丽的姿态。学校应该是一个宁静的地方,我们要有一个宁静独处的心灵之境。古人说宁静致远,人们需要有一个安静的时空,比如说课堂上当老师讲话的时候,当同学发言的时候,当我们在午休的时候,当我们吃饭的时候,当我们独处的时候,让你的心平静下来,静静地听别人讲话,静静地回想自己的一天的所言所行,也就是说要"动如脱兔,静如处子",动静搭配,学习才有效率,成长才会快乐,所以请让安静成为我们的习惯。

四、让会学(问学)成为习惯

学会学习是为了会学习。同学们会学习才是我们学习的最高境界。当然要爱学习,要想学习,要学会学习。要想会学,在这里我教给同学们一个秘密武器,

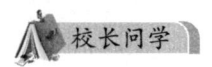

校长问学

你们要善提问、爱提问，课堂上只要有不懂的问题，只要有新的发现，你就要随时提出你的问题。在这里我要送给同学们三句话：敢问、想问的你是好学生；善问、会问的你是最好学生；能够自己解决自己提出的问题的你更是最好学生中最可贵的学生！请让提问和问学成为新学年、新学期学习的新样态。

同学们，新学期已经开始了，借此机会祝愿我们的全体同学，祝愿我们的全体教师，新学期学习快乐，新学期梦想成真，新学期共创美好，成为一个 AI 时代有梦想的润丰人。

——节选自学校"共筑百年好梦想　同创十年新未来"开学典礼致辞

让润丰成为新十年师生的精神港湾

> ◎**背景**：2020年是润丰学校建校十周年，也是第二个十年新征程的起始年，具有非凡的意义。今年的9月10日是我国第36个教师节，为落实朝阳教委要求组织做好教师节庆祝工作，集中展示学校深入学习贯彻习近平新时代中国特色社会主义思想，持续打造"和谐教育"品牌，展现全体教师立足教育教学岗位，助力打赢新冠肺炎疫情防控阻击战，树立身边榜样，激励广大教师"守教育报国初心、担筑梦育人使命"，争做润丰追梦人，为实现润丰学校教育教学质量跨越式发展而奋斗，特举办"奔跑吧，争做润丰追梦人"主题教师节活动。

今天的教师节庆祝活动是我经历过的教师活动中最本色、最自然、最真情的，无论是奔跑的明星"早行人"——九年级中考年级部、院部研发牵头人代表、抗疫行政团队，还是奔跑的师徒"接力棒"——师徒结队仪式、家长现场感恩发言、学生家庭送达谢师锦旗，还是奔跑的赠书的"动力源"——十个年级二十四种一百五十本教育教学管理经典书、畅销书、工具书，都彰显了新十年、新学年的润丰新气象、新斗志！

今天是第三十六个教师节，我们当有新十年的美好憧憬，那就是——让润丰成为新十年师生的精神港湾。

港湾是什么？港湾是一种天然的屏障。是自然的，也是"自我"的姿样。大自然的港湾是可以避风避浪避水流的地方，用于安全的停泊。我们的学校要成为一个学生的港湾，也就是说所有来到润丰的孩子都可以安全地到达，并在学校获得最理所应当的呵护，呵护孩子的天性、潜能，唤醒他们身体中巨大的能量。新十年润丰学校就要成为这样的师生"学习的地方"，因为这是学校的本义！

港湾还是什么？港湾是一种文明的强大。是外力的，是一种"他我"的姿样。随着人类社会的发展，生产力的进步，原来不太天然的港湾会被人类利用，通过人力的改变，通过拓展和加深，形成真正的港湾。学校教育促进了人类文明的扩

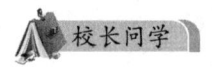
校长问学

张和传承，促成了文明的不断创新与进步。我们的学校要成为这样的港湾，也就是说润丰将是最可以容错的地方，将是所有孩子去改变、去创新、去发展的大空间，将是所有孩子提升自己的最好舞台，成就每一个孩子自身的强大。当然不仅仅是孩子，新十年全体润丰人都要带着奔跑的状态，带着和谐的心态，去变革，去创新，去提升，成为强大的自己！新十年润丰学校就要成为这样的师生"变革的地方"，因为这是学校的要义！

港湾更是什么？港湾更是人们心灵的故乡。是宁静的，是一种"无我"的姿样。每个人无论有多远，无论多坎坷，无论多悲喜，能让自己最终得以慰藉和安顿的地方总是童年的故乡，因为那是初心与亲情凝聚的出发地。教师之于别的职业最伟大的不同，就是习总书记所说的"教师是人类灵魂的工程师"，昨天的新入职教师第一课，也再次重温"教师应该传承知识、传承真理、传承文明，塑造灵魂、塑造生命、塑造新人"。所有的老师都应该有大的格局、高的眼界，秉持"立德树人"，坚持"全面发展"，追求"五育并举"，让学校成为每一个孩子最安全最信任的心灵故乡！而润丰将会是每一个润丰人当下奋斗中、未来记忆里最温暖最和谐的心灵故乡！新十年润丰学校就要成为这样的师生"美好的地方"，这是学校的意义！

——节选自学校 2020 年教师节活动致辞

中国少年　自强不息　从冬奥梦开始

> ◎ 背景：2022年2月4日是北京冬奥会开幕之日，那时候北京将成为国际上唯一举办过夏季和冬季奥运会的"双奥城"，这是全体中国人的骄傲！今天是冬奥倒计时500天的日子，清风送爽金秋美，北京市润丰学校"普及冰雪运动 追随冬奥脚步"冰雪嘉年华活动开始了。

我们选择在北京冬奥会倒计时500天这样一个特殊的日子举行冰雪嘉年华活动，我有三点希望与大家分享。

一、冬梦——白色世界的精灵就是中国梦

复兴是关键词。冬奥梦其实就是中国梦的一部分，为了中华民族伟大复兴，我们要抓住这白色世界的精灵，与它们携手共同追梦。

二、坚强——中华民族的希望就是少年志

种子是核心词。习近平主席在申办冬奥会时指出："2022年冬奥会如果来到中国，不仅将激发中国13亿人民对奥林匹克冬季项目的热情，也将推动历史悠久的中华文明同世界各国文明交流互鉴"，在申办成功当天贺信他还指出，能够创造在同一个城市举办夏季和冬季两个奥运会的纪录，是为弘扬奥林匹克精神作出新的贡献。让奥林匹克精神及冬季奥运体育项目影响和激励中国新一代青少年，是北京申办2022年冬季奥运会的重要目的之一。同学们，你们每个人都是一颗奇迹的种子，要从小立下大志，希望你们都能以学校各项冰雪实践活动为契机张开双臂拥抱冬季运动，通过实际行动去助力2022北京冬奥会。

三、热爱——润丰学校的跨越就是新十年

拔尖是高频词。新十年，同学们你们处在人生最黄金阶段的青少年时期，北京冬奥会举办的时候，正是你们努力争取成为体育拔尖创新人才的时候，让自己成为奥林匹克"更高、更快、更强"格言的逐梦者，今日你为祖国自豪，明日让祖国为你骄傲！

我们举行北京冬奥会500天倒计时的冰雪嘉年华活动，主要是要抓住机会培

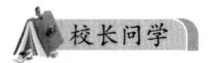

养大家的冬奥意识，树立少年志向。通过这个嘉年华活动，让大家了解奥运会，了解冬奥会，热爱冰雪运动；让大家在未来的日子里，在成长的过程中，能够有一个强健的体魄，真正的做到"全面发展""五育并举"；让大家知道，为了中华民族的伟大复兴，要认真学习，刻苦锻炼，成为未来有用的人！

——节选自学校"普及冰雪运动 追随冬奥脚步"冰雪嘉年华上的讲话

师生篇

绽放梦想　共创未来

> ◎背景：2020年10月，中学部三个年级分别进行了九月质量调研分析表彰会。

七年级的同学们，你们要做到高分不"傲"，低分不"馁"，及时总结经验，找出差距，定下目标并养成六个良好的学习习惯，即自学预习复习的习惯、上课专心听讲的习惯、认真观察积极思考的习惯、善于提出问题的习惯、切磋琢磨的习惯、认真作业的习惯。

希望七年级的同学未来不断改进，精益求精，期待下次考试依然有老面孔以及有更多的新面孔站在领奖台上，这个舞台是为每一位同学设置的，盼望大家每人至少上台一次。此次颁奖也拉开了学校鼓励优秀，鼓励上进，鼓励努力的颁奖序幕，期待以后在这个舞台上与大家多多相见。

特别祝贺八年级的同学们在九月份取得的优秀学习成果，我想给大家提一个高效听课的小方法——"三看"，就是课上要眼睛紧紧看老师、看黑板、看书。大家一定要仰望星空，心怀目标，落实在自己日常的学习中。

我们九年级的这次质量分析会总体上分析的是有特色，有进步，有模样的，都聚焦到学校的战略方向来了，而且九年级组具有团结奉献的精神，是非常值得肯定的。组长王绍梅的总结，利用大量的柱状图对于不同学生进行数据化的分析。语文组提出了一个关注跨越目标，是我特别喜欢的，但还需要借助数据更加细化。数学组进行创新思维，协同建立小班，单独进行答疑和辅导。英语组更关注拔尖生团队，以此引领其他类学生的学习。物理组用动态折线图来分析，发现事物背后的规律，还有历史和化学学科更关注试题命制，提高质量。我希望教师们务必加强数据与数据分析，特别是针对学生的目标加强整体设计，明确目标，不论是课堂还是作业都要精心设计分层，鼓励不同学生，让所有学生都可以收获成就感。教师要通过多种方式鼓励学生，激发他们的主观能动性，引导学生真正成为自己

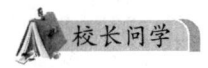 校长问学

学习的主人。学会复习,让先复习再做作业成为一个习惯,不断推进思维导图,提高复习质量。鼓励千方百计,也就是让全力以赴的思想状态、理念导向、目标趋同,成为我们这一届九年级的主流思想,全员思想。由于时间原因很多数据还没有细化,但是我相信总结分析不以今天结束为结束,今天只是拉开分析的序幕,相信九年级全体老师一定能够通过团结协作,实干精神实现目标超越。

希望所有的九年级同学都能在有限的时间上,提高课堂效率,充分利用好自己的学习空间,课堂上实现"三看",看老师、看黑板、看书。青春期就是青少年抗拒自我懒惰和僵化的过程。希望大家——都有一个错题本;都有一个好题本;新课之前一定先预习;先复习后做作业;做作业要计时(限时训练)。离中考还有221天,如何度过这宝贵时间,需要全体九年级师生一起盯准目标,制定计划,提高课堂效率,及时查漏补缺,勇往直前,用青春和汗水浇灌梦想之花!

——节选自学校中学部九月三个年级质量调研分析表彰会上的讲话

夺冠夺冠夺冠！冲刺冲刺冲刺！

> ◎**背景**：2020年9月28日，北京市润丰学校新老九年级的教师团聚在学校第一会议室，隆重召开了主题为《薪火相传凝心力 继往开来创佳绩》的新老九年级交流会。本次会议由王雪梅书记主持，张义宝校长、刘曦校长助理、冯永新主任和全体新老九年级的教师参加了会议。本次大会分"回顾与展望"两个部分。

首先特别感谢新老九年级全体教师参加会议，虽然会议时间很长，但是大家还是认真聆听，并发表了自己最真诚的感悟。这一次我想从两个方面与大家进行交流。

一、冲刺精神——2020届的硬核所在

没有超常规的思路，没有超常规的精神，就不可能有超常规的成绩，就不可能有奇迹诞生！没有冲刺精神就没有2020届的成绩飞跃，没有润丰十年的献礼成果。依靠着冲刺精神，"十五天的初三中考冲刺快闪行动"让我们付出了汗水和智慧！收获了成果，创造了奇迹，坚定了信心！冲刺精神意味着什么？它有三个内涵：

（一）勇气

勇气就是我们及时在原有基础上，毅然决然地坚定选择"把拔尖创新人才高分段"作为15天的选择，这是一个智慧的选择。正是因为我们确定了这个战略，所以水涨船高，勇气给了我们更高的目标。

（二）斗志

斗志就是我们永远在挑战极限，拼搏不止，永不言弃。斗志让我们超越自己，创造历史。

（三）智慧

团队行动，合作亦竞争、竞争亦合作，彼此碰撞，彼此激发，苦干亦巧干，形成了更多智慧的火花，这是大格局、大德操之下的真智慧。

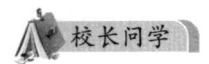

2020届的九年级团队,他们开启了一种精神:要敢于走过"千山万水",想尽"千方百计",付出"千辛万苦",道出"千言万语",最后才能收获"千呼万唤"始出来的成绩,这样的"五千五万"的精神也将继续践行,传递给我们新一届的九年级。

二、夺冠精神——2021届的必胜利器

最近热播的反映女排拼搏的影片《夺冠》带给我们更多的学习启示和借鉴!尽力而为和全力以赴有什么区别?尽力而为,尚有余力,预留退路及理由空间。而全力以赴,没有退路。当你全力以赴的时候,你自然就具有了夺冠精神。要突出三个方面:

(一)高目标

高目标有三个关键词:拔尖、培优、保底。希望大家对每一个学生都进行细致的数据分析,为他们做好200天的冲刺规划。重视A线生,保底生培养。拔尖创新人才的培养是工作的重要部分,年级组要在教学处的指导下,大胆创新,努力开拓,做出智慧的策略,拔尖创新的同时,也必须保证一分三率的达标;给年级需要特殊的学生足够的关注,要为他们量身打造辅导计划,确保每个学生都能在原有基础上提升,将目标量化,可测量。

(二)必担当

从现在起到中考,要做好倒计时,让全体师生清楚时不我待,要有紧迫性,很多工作不能等、靠、要,而是主动完成,主动思考,主动创新,担当使命,目标必达。

(三)大智慧

1.思想道德方面。要坚定的继承2020届初三的团结精神、冲刺精神,呼唤我们2021届永远坚守集体的力量,坚守正确的舆论,坚守相互的鼓励,坚守慢慢的正能量。

2.实践操作方面。要坚定战略"三早"化(早谋划、早突破、早下手),目标满分化(为自己定出高目标,全力以赴争取),分析数据化(所有的质量分析一定以数据说话,以数据规划出每个学生的前进方向),课堂拔尖化(拔尖率是

涨在每一节课上的，是涨在每一个知识点上的，拔尖机制无处不在），辅导分层化（不仅是辅导，分层要体现在方方面面），统筹合力化（对家庭要有了解，集合家庭的最大力量）。

3. 方法上关注问题：

（1）线上与线下的问题。要更关注线上，疫情让我们形成了新的学习模式。后疫情时代一定是线上线下进行混合式教育教学的，唯有如此才能确保二十四小时、全时空，我们都可以随时碰触到学生的需要。

（2）老班与老师的问题。老班就是班主任，老师就是这个班的科任老师。老班必须有统筹协调的能力，当仁不让，调动指挥。

（3）逆袭与跨越的问题。"明知不可为而为"我们要有志气、有能力、有胆量，成为最美逆袭者。

（4）零点和沸点的问题。一百度的水总是从零度开始的，零恰恰才是大树的根基所在，就从最差抓起，从最薄弱强起，从最荒芜补起。

（5）资源和源泉的问题。精准化资源的选择，针对性资源的使用，让所有的资源成为源源不断的活水，成为学生成长的无穷源泉。

（6）学习与尝试的问题。要善于学习，学习老九年级的精神，学习兄弟学校的精神，学习自己过去成功的精神，学习一切先进的东西。不仅仅是要学，更要尝试，不尝试永远无法实现突破。

面临润丰新十年的发展，我们新一届九年级教师的肩上担子很重，这是新十年的第一年，是一个重要的开始，能否取得更优异的成绩都要靠大家的智慧和努力，我们一定会跟大家风雨同舟，希望大家继承往届九年级教师们那种无私的奋斗，继承润丰教师团队的精神。继往开来，在明年的中考中再创佳绩！

——节选自学校新老九年级交流会上的讲话

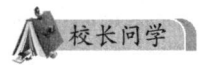

科学分析　精准导航　实现"润丰梦"

> ◎背景：期中考试结束后，北京市润丰学校中学部全体中考科目教师分年级召开了质量分析会。大家分别对年级、班级、学科和学生个体的成绩做了全面数据分析，精准分析找准了问题，找对了改进策略，为后期教学起到了导航的作用。

七年级的教师们，我要肯定你们用数据说话科学分析的工作方法，大家一定要规范质量分析的标准，既要关注绝对分数，又要参照成绩位置的变化，才能精准地分析出学生的学业升降情况。我特别主张学科教师班主任化，班主任教师学科化，人人都是"班主任"，教育教学不分家，把对学生的教育做到细处，作为教师一定要相信每一位学生都有无限的潜能，人人都值得我们去用心开发，大胆地去锻炼学生，把课堂的舞台交给他们，让他们去质疑、去提问、去解决问题，要树立"人人皆可逆袭"的观念，相信每个孩子都是生命的种子。在期末复习阶段，更需要高频率使用短时高效的方式对基础知识进行训练，力图基础部分的达标率100%。希望大家能够全面推进错题本和思维导图在各科教学中的使用，并定期评选十佳进行表彰宣传。最后，请教师们一定要重视家校合作的教育作用，要主动和家长交朋友，利用家长们中间丰富的教育资源，促进学生的发展。对有特殊教育困难的家庭，需要帮助他们制定解决问题的方案。

八年级本次的质量分析会总体上是有进步、有模样的，八年级组的全体教师都具有积极奋进、团结奉献的精神。我希望大家能够做到四点要求，一是教师们还要进一步加强数据分析，在比较中寻找变化的规律，绝对分数和名次变化作为基本数据全面考虑，更客观准确地反映教学实际；二是要充分利用曲线图、柱形图、扇形图、雷达图等直观表示方式，让听讲人更快领会发言人意图；三是要做到"人人都是班主任，个个皆成学科教师"，每个教师都要更全面地了解、辅导学生，要与家长交朋友；四是要树立"一切皆有可能"的观念，相信每个孩子都有进取的潜能。

我想向全体九年级提出整改意见：

一、要有"人人都是拔尖者，个个都是创新人"的观念，对孩子充满期待，为学校创造奇迹奠定信心的源泉。

二、规范质量分析的标准，绝对分数和名次变化作为基本数据全面考虑，更客观准确地反映教学实际。

三、在教师展示环节，充分利用曲线图、柱形图、扇形图、雷达图等直观表示方式，让听讲人更快领会发言人意图。

四、在后期教学中要高频率使用短时高效的方式对基础知识进行训练，力图达标率100%。

五、全面推进"错题本"和思维导图在各科教学中的使用，并定期评选十佳进行表彰宣传。

期中考试质量分析会是充电器、加油站，精准的分析和深度的交流能给教师们的工作带来很大的帮助，更能给师生进一步明确方向，鼓足干劲。我相信随着分析会的改进措施逐步在日常教育教学中得到落实，初中部的教学质量会继续稳步提升。

——节选自学校中学部三个年级期中质量分析会上的讲话

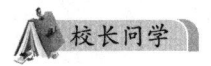

校长问学

智慧勤奋　实现梦想

◎背景：期中考试结束后，北京市润丰学校中学部分别进行了三个年级的学生总结表彰大会。

七年级的同学们，今天我给大家讲话的题目叫做《荣耀时刻：习惯成自然，精微致广大》。

学校开启新十年特别需要大家拥有新的精神状态，我们有三个伟大的团队支撑学校前行。教师团队的伟大的付出；家长团队的伟大的爱心奉献；学生团队正处于伟大的青春期，充满正能量。每个同学都要精心设计好前程，规划好自己的人生。每个同学都要找到自己的追兵、标兵和尖兵目标同学。因为人的潜能是无限的，同学们应该全力以赴。为此我请同学们做好三件事：为每个学科精心地准备一本错题本；学会画思维导图，至少每个单元或者每一周要画一次思维导图；三天之内制作孩子的个性化清单，包括优势、主要问题和追兵、标兵同学。这样的小事一件件做好了，做精致了就会实现精微致广大。

八年级的同学们，我今天要以《荣耀时刻：不负青春期，敢创新奇迹》为题给大家进行讲话。我希望同学们不要辜负青春期，利用好青春期，创造新的荣耀时刻。我想与大家分享三个要点：

第一，好雨知时节，当"冬"乃发生。希望我们的同学们能改变学习方式，教师们改变完善教育方式。

第二，一切都有可能。学习可以改变一切，要求每个同学都要找到自己的追兵、标兵和尖兵目标同学，燃烧青春期的力量。

第三，城头变幻大王旗，希望同学们之间形成"竞合"关系，在竞争中进步，在合作中共赢。

我希望同学们与七年级一样，共同做好以下三件事：

第一，为每个学科精心地准备一本错题本。

第二，学会画思维导图，梳理总结学科知识。

第三，每位学生可以找老师制定个性化的学习，包括对自己优势、主要问题的分析，明确自己下一步的追兵、标兵分别是哪位同学。

我期待八年级的同学们不负青春期，争取以后有更多的同学上台领奖。

九年级的同学们，我今天为你们讲话的题目叫做《荣耀时刻：只争朝夕竞智慧，时不我待赢汗水》。我希望同学们能够再接再厉，继续向更高的目标努力，并进一步解读"尖兵、标兵、追兵"的含义，希望大家"前有标兵，后有追兵"保持旺盛的学习状态，勇敢追求自己的中考目标。针对如何提高学习效率的问题，我要向全体九年级同学提出三个建议：

第一，劳逸结合，贵在转换。学习上有合理安排，会通过变换学习内容和学习方式调节紧张的情绪，实现事半功倍。

第二，多元智能，精心记忆。在学习上要学会调动手眼耳嘴脑多种渠道参与学习，说响亮的话、完整的话、学科的话，积极参与板演和展示，当同学的小老师，运用高阶思维训练提升自己的成绩。

第三，作业练习，小考中考。对每一次的作业和知识练习，要认真对待，"考试不过夜，作业不隔天"，把问题解决在当下。调动自己的一切知识，即便是做日常作业也要像参加考试，甚至中考一样对待每一次的作业完成，让高质量的训练成为常态。

在养成良好的学习习惯方面，我也要向全体同学发出三个倡议：科科要有改错本，每天坚持看"新闻联播"；每周坚持做学习小结画"思维导图"；精微至广大，用高效的学习技巧助力学习成绩的提升。

唯有时时总结，日日反思，才能发现自身的问题所在，然后认真踏实改正缺点，坚持优势，才能让我们获得更大的进步，同学们，加油啊！

——节选自学校中学部三个年级期中总结表彰大会上的讲话

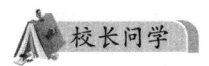校长问学

导航期末　赢在未来

> ◎背景：近期，北京市润丰学校召开七、八年级十二月调研质量分析会。

今天听取了咱们七、八年级的调研质量分析会，看到大家对工作的热情和不断学习的态度，我感到特别的高兴。尤其是听了今天各位教师的分析时，不管是对数据、图表的使用，还是就学生问题的针对性解决，都让我感到大家的分析水平又上了一个新的台阶，感觉七、八年级这个团队是一支"战斗的团队、进取的团队、精算的团队、学习的团队、创新的团队、竞合的团队"，就咱们年级接下来该做的重点工作，我有六点建议与大家分享。

第一，天道酬慧，复习专题化。开展"基于课堂评价标准的1/4+X的重点指标的复习课解决策略的教学设计与案例生成"的专题攻关研究探索。以此检测我们的课堂实施效果，靠科学理论指导才能实现质量跨越提升。

第二，劳逸结合，常规管理自主化。在班队管理和备课组管理上，加强自我教育，自主管理，既规范严格，又科学有效，更要激励达成。可以尝试午休新机制，科学调控学习活动时间，向管理要质量，向科学要效益。

第三，善用图表，质量分析立体化。这次分析图表利用的效果是显著的。图表反映的问题非常形象，这样坚持下去，不断创生新的数据分析维度，把"三早"落实到位，三年后一定取得好成果。

第四，关注命题，质量监测常态化。加强命题研究，提高命题质量，要善于创新学习。命题有创新，数据分析、工作策略也有创新。

第五，目标高端，竞合方向优质化。各学科学习目标制定要大胆倡导满分率和目标达成度，竞合就是竞争与合作，要继续发挥七、八年级团队师生的好作风、好品质，充分发挥健康竞合的巨大作用，不负众望，智创奇迹。

第六，落实学生的错题本、思维导图等学习方法和学习习惯，形成小组合作、同桌互讲互查的机制。提高复习课的效率，双基问题当堂解决。

师生篇

希望教师们更加精益求精地工作,在期末阶段继续向前冲刺!相信功夫不负有心人,我们一定会取得更长远的进步!

——节选自学校七、八年级十二月调研质量分析会上的讲话

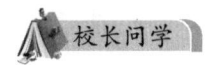
校长问学

向着美好的新十年我们阔步前进

> ◎背景：2021年1月15日上午，北京市润丰学校小学部举行了"百年梦想开新局，十年未来起好步"——北京市润丰学校小学部2020—2021学年度第一学期结业式。

2020—2021学年度是一个极为特殊的年份，它是我们润丰学校第一个十年和第二个十年的一个交汇点。自从2010年创办了润丰学校，在北京老教育家卓立校长的领导之下，完成了我们第一个十年的光荣的任务，取得了卓越的成绩。站在过去十年，面向未来十年，我们到底应该向着什么样的方向去？我们到底应该成为怎么样的人？这是新十年我们全体老师同学们极为关注、社会和家长最为关心的。

结合这个学期以及即将来临的寒假，想对大家说三句话，我总结为"三新三开"。

一、新学年：开好局，起好步

刚刚过去的这一个学年的第一个学期是不平凡的，它是同学们在经历了年初突如其来的疫情大灾，居家近一个学期后，重新返校复课，有这样一种对比的体验，也就是说我们进入了疫情时代，或者说后疫情时代，国内外的政治环境剧变了，我们润丰学校也已进入新一个十年。于是我们在开学初就拟定了我们新十年的战略目标——"共筑百年好梦想，同创十年新未来"。我们把"质量上乘、内外兼修、社会满意、家长热衷"作为我们未来十年应该必须达到的远景目标、美好的目标。

过去这一学年的第一学期，我们真的是开好了局，起好了步。我们坚持"让家长放心地把孩子和孩子的未来托付给我们的学校"的办学愿景，我们明确地提出"让学校成长为孩子一生到过的最好地方"的教育理想，同时也更加鲜明地提出来，同学们要成为"具有竞争力的现代中国人"的成长目标，带着这样一个憧憬，带着这样一种目标，我们开启了新学年的新学期。

新学期同学们取得了一系列的成就，刚才的十大新闻汇报当中都有同学们的身影。无论是我们学校获得了全国级的"篮球基地学校""足球基地学校"，还是我们最时尚最前沿的"全国人工智能的实验学校"，以及北京市的"冰雪运动学校"，北京市朝阳区的"外事窗口学校"等，这一系列的学校荣誉，都是同学们奋斗的结果，也还将为同学们未来的成长搭建更好的平台和创设更优的时空。同学们在居家学习后返校的一个学期的学习中，在各个领域继续拓展自己的才华和特长。学校 AI 研究院的社团同学，在陈力老师、齐建春老师等 AI 指导老师的辅导下，在短短的半年当中，组队只有两三个月，经过刻苦训练，就取得了全国的二等奖和三等奖的优异成绩。这说明了人工智能项目，不仅是一种技术，更重要的是一种未来智能社会的新样态，不仅需要学习，更要具备理念意识，改变方式方法，也是能够好学易学的。未来 5G 时代，大家要有成为人工智能时代的 AI 学习小主人的一种强烈意识。

同学们在过去的学习训练当中，在音乐、美术、体育、舞蹈、劳动等各类竞赛当中精彩纷呈，成绩多多。所以，我再次代表学校领导，向刚才受到表彰的班级、个人以及学校团队表示热烈的祝贺。同学们取得这样一个成绩，是学校开好局、起好步的最杰出的代表，希望大家再接再厉。

二、新学期：开好学，敢问学

除了新学年的目标引领规划，更重要的是我们在以下三点中体现得比较好。

（一）学习新常态

上半年因为疫情，居家学习是过去很少见过的，这么长时间的居家线上学习也是第一次。到我们返校之后，疫情控制不错之后，我们又有了线下的学习，但是疫情时代是永远回不去的。那么我们在这个学期的学习特点是什么呢？能够把线上的学习和线下的学习互相融合，互相补充，特别是在新学期，大家又恢复到线下学习，但这个线下学习又跟原来不一样。

（二）课堂新问学

在本学期也特别大力地提倡我们课堂的"三问"，即"敢问、想问问题的学

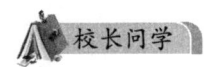

生是好学生，善问、会问问题的学生是最好的学生，学会解决自己提出的问题的学生是最可贵的学生"。我们这样的课堂又有了一个新的导向，新的样态——问学课堂。能把自己提出来的问题，自己通过独立思考，合作学习，相互竞争，实现了创新学习，解决了问题，又产生了新的问题，这样的课堂就叫问学的新课堂。这个学期我们的教师和同学们一块，在我们原有的和谐小组的基础之上，又进一步把"问学"成为一个很好的导向。

在朝阳区教研中心来我们学校视导的课上，学校A级课超过了60%，达到历史新高，居于区级前列。这都源于课上同学们的精彩表现，敢于提问题，能够互相合作学习，能够把自己提出来的问题大家一块来解决，靠自己来解决，而且能通过线上线下、课内、课后整合起来。在小学，我们把小学的本领练好了，到中学，到高中，到大学，甚至走向社会，那就是一个创新性的人才，就是一个真正拔尖性的创新人才。相信在"人人都是拔尖者，个个都是创新人"的道路上，越来越多的同学得到精彩的展示。学校也下决心在德、智、体、美、劳各个方面为同学们提供更多的展示平台，期待同学们能够在各个方面更加地努力。

（三）常规好习惯

在新学期还有一个很好的亮点，也是我在开学典礼上提出来的，要形成四大好习惯。我在平时与同学们的互动畅通，在各种场合观察当中，也看到了同学们的习惯已经做得很好了，希望同学们继续发扬，做到"让读书成为习惯、让安静成为习惯、让问学成为习惯"成为新学期学校亮丽的风景线。

三、新寒假：开眼界，真动手

为期一个多月的寒假即将来临，寒假是我们的一个"窗口期"呢？还是一个"分水岭"呢？所谓"窗口期"，就是你打开窗户观看美景，你能站得高，看得远，你就会进步，就会向前进。但是寒假也是懒惰的人，不想进步的人的一个"分水岭"，很容易跟别人拉开距离，所以寒假可不能轻易放过去。为此，我给大家的寒假提出"六好"要求。

（一）读"好"书

在寒假一封信当中，在"十个一"作业当中，特别是语文学科当中，都给同学们指定了篇目，一定要认真读，要读就读经典，要读就精准地读，对我们的学习有帮助，对我们未来有进取。所以我鼓励大家"读好书"。

（二）写"好"书

好记性不如烂笔头，所以我希望寒假大家能够做到勤写日记，多写读后感。要学会写自己的"书"，试试当个"少年小作家"，下学期开学，大家"见字如面"，在书信的写作过程当中，多交流一些读好书、写好书的感受，我们还要开展"十佳日记""十佳读后感""十佳小作家"等活动。

（三）动"好"手

我也向同学们提出"为爸爸妈妈做家务劳动、和爸爸妈妈一起做家务劳动"的要求。假期大家每天做 10—30 分钟的家务劳动，跟爸爸妈妈学做一道菜，和爸爸妈妈一起做家庭整理，做自己的衣物整理、房间整理。劳动最光荣！劳动最伟大！劳动最大爱！

（四）锻"好"炼

我希望同学们在假期做好锻炼，希望同学们不要变成"小胖哥"，不要把小眼镜戴得更深了，每天坚持一小时的居家锻炼，严格按照防疫要求，少出门，少聚集，室内多运动，勤锻炼。

（五）用"好"网

后疫情时代，线上学习和线下相结合，混合形式将成为新的方式。相信有竞争力的好孩子，一定会把线下和线上结合起来学习。网上会提供很多的课程资源，比如网上"冬令营"、网上研学"博物馆"等，网上的资源浩瀚无比，希望同学们能够利用好网络。

（六）预"好"习

凡事"预则立，不预则废"。在新学期，学校要同学们学会制定自己的学习计划，增加自主学习的能力。相信在这样的好习惯中，一定会让同学们在新学年的第二个学期中取得优异成绩的！

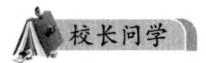

假期一定会成为你们一个成长的"加油站",创新的"孵化器",一定会拓宽视野、开阔眼界!寒假一定会成为一个未来进步更大、更有竞争力的润丰新学子的很好的大窗口!

最后借此机会,我再次祝贺同学们本学期的顺利结业,也预祝各位同学的寒假有意义,有意思,有收获。同时也借此机会向同学们转达学校领导和教师对各位家长的问候,祝愿大家假期愉快,春节快乐!阔步大前进!一切更美好!

——节选自学校小学部 2020—2021 学年度第一学期结业式致辞

| 师生篇 |

团结协作抓质量　追赶超越提成绩

◎**背景**：北京市润丰学校小学部各年级召开期末调研质量分析会。

一年级的教师们大家好，我认为你们在本学期的教学方面取得了不小的成绩，例如：质量分析重在用数据说话，充分利用条形图、折线图、雷达图、扇形图等形式对本次的期末质量调研进行了全面、深入地分析。尤其是在潜力生的分析方面，教师们能够结合该学生一学期的成绩，细致地分析出学生平时在校表现情况。并结合班主任平时和家长沟通的情况，分析学生在家表现情况。通过学生这两方面的表现，指出针对该学生的改进措施。当然，目前我们一年级的教学中仍存在一些问题，如：如何改善班级潜力生的学习态度及成绩等。针对问题，要求教师要高度重视，要进一步反思和研讨。我希望教师们能够实施切实可行的教学策略，比如：设计问学课堂、分层作业；注重对学生进行好的学习习惯和考试习惯的训练和培养，要进一步提优补差，缩短班级学生之间的差距等。最后，我希望大家能够将质量分析纳入到常态工作中去，这是教师提高基本功专业素养的重要环节。在教学中，我们还要继续精准定标，关注年级中的重点同学，"保三创一"。我们要紧抓教学常规，关注课堂教学细节，为学校进一步提高教育教学质量打好扎实的基础。

二年级的教师们，我能够看得出来你们在质量分析中特别强化数据图表的运用，充分利用雷达图、条形图等图表对教学质量进行清晰明了的分析，并且能够从不同角度重视重点学生的学习情况。我希望二年级的教师们能够将质量分析纳入常态工作中，这是教师提高基本功专业素养的重要环节，并要谦逊地学习好的方法。在教学中也要放眼整体目标，根据"十四五"规划纲要进行准确定标，关注重点同学、拔尖优秀学生。最后未必要朝着"保三创一"的未来教学目标努力，在假期中要根据学生情况进行有策略规划和激励机制，从而进一步提优补差，缩短学生之间的差距。我为教师们提出了切实可行的措施：学生学习要立足于课

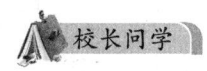

堂，立足于学校，要充分利用《朝阳区课堂评价标准》中分层教学、培养学生问题意识等教学策略和丰富的教学工具，在课堂上提高学生的主动性，从而提升学习效率。

三年级的教师们，本次的期末质量分析得很扎实，通过我自己多年来积累的宝贵课堂教学经验，站在一名优秀特级教师的视角，我希望三年级的教师们能够多多学习具有实效性的教学之法。为更好地促进班级之间的学习竞争，年级可以设置班级名次积分制，根据各学科的成绩排名进行班级积分，提高学生们学习的积极性和集体荣誉感。我建议教师们要运用折线图来展示平均分、优秀率及合格率的变化，用动态的思维去展现孩子的变化，用发展的眼光去看待孩子的变化，尤其是在对后进生的辅导建议上，教师们一定要心中有数，对于学困生、特殊家庭的学生、特殊儿童，不能指望家长，而是要让学生在学校有所收获。课堂上要保证这些孩子至少有5次发言的机会，上课以本班学习能力最弱孩子为起点，给学习能力强的孩子提供自主空间，并设置举手回答问题的规则，即看不懂的举左手，想回答问题的举右手，把班级后五名作为课上的第一关注。对于那些需要帮助的同学，更需要我们教师想方设法地去多关注、多帮扶、多爱护，要用更科学的方式方法让这些孩子在每一个40分钟里都有所收获、有所进步，这样才能体现出教师的价值所在！此外，在作业布置上要实施限时作业、设计分层作业，要让不同层次的孩子都有属于自己的收获。最后希望大家一定要非常重视学生的常规教育，学习首先要从好的书写开始，写字要注意姿势，书写要注意入体，要努力培养学生良好的书写习惯。希望教师们在寒假里多研究教学，尤其是加强对考题命题的研究。同时，要指导学生做好假期规划，做好作息时间表。质量分析是教师的专业基本功，要不断学习新的、好的分析方法，敢于创新评价体系。

四年级的此次期末考试中，语文能够达到百分之百的合格率这与教师们的努力是密不可分的，其他的学科也表现的很优秀，为此我为四年级战略发展问题制定了新目标，希望四年级团队能够发扬优点，勤勉智慧，再创佳绩。

第一，启动"三早"行动，即"早规划，早突破，早下手"。这就要求四年级全体教师，进行高标引领。针对重难点早定目标，及早突破，创造历史更为优异的成绩。

第二，加强考研命题研究，做到方向正确，练习精准，指导到位。

第三，重视寒假规划指导，做好"寒假计划书"和"作息时间表"，制定假期目标，分阶段按时完成。

第四，加强"限时练习"。平时要强化学生独立完成练习训练，适当增加阅读量，关注研究作业时间分配策略和高效率考试答题能力，全方位提升教师质量跨越发展的专业素养和实践能力。

五年级的教师的专业水平非常不错，本次的分析情况非常清晰，每个模块清楚地说明了学生的真实情况，具体分析做到"见人见题见数据"，不管是从成绩的实际对比、两极分化还是生源结构，都能从实际出发得到具体分析。继续关注拔尖创新人才的培养，加强学生成绩的对比分析，关注上升、持平、下降趋势的归因分析。下一步的工作，我希望大家能够做到"早规划，早突破，早下手"的"三早"要求，并通过"八个强化"具体要求落实"扬长补短"，即强化"高标引领"；强化"质量分析"；强化"双研方略"；强化"课堂关注"；强化"满标意识"（满分率和百分百及格率）；强化"分层教学"；强化"寒假规划"；强化"常规习惯"。我对五年级团队的未来充满信心和期许，相信一定会有更快的成绩跨越，实现更好的优质突破！

六年级的教师在本次考试的严密组织，确保了考试成绩的真实性和考试过程的顺利性，而且六年级组的教师们拼搏担当善作为，智慧贯通讲大局，在我看来非常优秀。以"六个关注"为主题我要向六年级教师们提出下学期的教学要求：

第一，关注全面毕业。要坚持五育并举、全面育人，努力让学生成为更好的自己。

第二，关注生涯规划。在六年级学生毕业之际，为孩子做好一生的规划，为孩子的青春期指明方向。

第三，关注贯通衔接。努力宣传学校对于学生坚定的信心，展现学校新十年发展的初步成效。

第四，关注智慧策略。用智慧去激励学生，提升孩子的自信心；用智慧去和

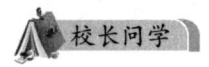 校长问学

学生交朋友，为他们创造温暖；用智慧实现个性化教育，实现学生的个性化发展；用智慧落实三"兵"一体，做好学生发展的引路人。

第五，关注课堂。教师在课堂上要更加关注学困生，为他们提供表达的机会，努力提升学生的自信心。寒假期间也要关注好全体学生的学习和生活，指导学生做好假期规划。

第六，关注目标达成。教师要继续关注拔尖创新人才的培养，加强学生成绩的对比分析，关注上升、持平、下降趋势的归因分析。

大家一定要注意此次考试成果的总结并不是一个结束，而恰恰是一个开始，它为我们后半学期的教学工作指明了方向。希望教师们继续发挥任劳任怨的精神，收获更大的希望。

——节选自学校小学部2020—2021学年度第一学期各年级期末调研质量分析会上的讲话

师生篇

析期末考试知教学得失
谋因材施教寻育人策略

> ◎背景：北京市润丰学校中学部2020—2021学年度第一学期召开三个年级期末调研质量分析会。

七年级教师们此次的质量分析工作做得非常好，教师的工作热情特别高，我觉得大家不断进取的精神可以用九个词进行高度评价：分析靓、进步大、斗志强、善学用、办法创、课堂变、信念坚、风气正、竞合实。有鉴于此，我对七年级下一步的工作提出了更高的要求：必须用"改革"的办法解决"跨越"问题；必须用"背默"的问题解决"双基"问题；必须用"课内"时间解决"全员"问题；必须用"激励"办法解决"喜爱"问题；必须用"精准"目标解决"动力"问题；必须用"三兵"解决"自主"问题；必须用"工具"解决"巨变"问题；必须用"个性"解决"两级"问题；必须用"计划"解决"寒假"问题；必须用"限时"解决"效率"问题。

我清晰地看出八年级的各位教师对数据、图表的使用特别娴熟，对工作的热情和奋进的态度特别高昂，我希望教师们在日后的工作中要注意：

第一，再加强考研命题研究。做到方向正确，练习精准，指导到位。特别是语文、地理、道法等学科，要特别注意紧跟时事，从生活中发现命题材料。

第二，加强"限时练习"。要在日常练习中强化学生的时间感，磨炼做题心态，关注研究提升学生的练习时间分配策略和高效率考试答题能力。

第三，重视寒假规划指导。寒假是一个重要的窗口期，要指导学生制定好寒假作息时间和计划表，特别要把体育锻炼重视起来。把握好寒假，充实丰富并且收获满满地迎接新的学期。

对九年级教师们接下来的工作我希望大家一定要非常明确，那就是——"首战必胜务达标，重点突破再拼搏"。全体九年级教学人员一定要努力实现中考

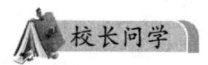

目标，打响润丰新十年的首战。大家一定要利用好寒假，关注优秀生、学困生这两类学生，科学分析，精准帮扶，让寒假成为学生转化的"窗口期"。要利用好市区两级的优质资源，学校会积极联系专家进行中考备考工作的指导，大家要开展好教研考研，改造薄弱学科、薄弱学生，全面提升教育教学质量，最终实现中考目标。

期末质量分析会是对本学期学校教学工作的总结，又是对新学期教学工作的展望，希望可以通过质量分析为今后的教学工作明确方向。

——节选自学校中学部2020—2021学年度第一学期三个年级期末调研质量分析会上的讲话

师生篇

乘风破浪新规划　奋发有为新基建

> ◎**背景**：紧张忙碌但又充实有意义的一个学期过去了，在愉快而温馨的寒假到来前夕，北京市润丰学校召开了2020—2021学年度第一学期教师结业式。在结业式上由张义宝校长对这一学期的工作进行了回顾总结和展望，王雪梅书记对寒假防疫安全及值班值守工作进行了细致精准的部署。由于疫情影响，全体教师与行政干部后勤人员和教学一线教师以线上与线下相结合的方式进行教师结业式。

2020年对于润丰人来讲，是极为不平凡的一年，是润丰学校建校十周年，是润丰首任校长，优秀的教育家、京城名校长退休的一年，是润丰新旧十年的交汇之年，同时又是"十四五"新未来新格局的开启之年。我们润丰的和谐教育十年办学成果丰硕，面向新的未来，面向新时代的新阶段，我们的选择更是契合进了我们国家更长远的规划愿景中。在过去的一年里，我们润丰人都是好样的。

新的十年开启，润丰乘风破浪的姿态是什么？就是凭借时代之风，直面惊涛骇浪，无论有多大的变化，我们始终坚守一个重要理念——面向未来，面向新成果。什么至上？人民至上；什么至上？社会满意至上；什么至上？为了全员的优质发展至上！因此，我们新规划的主题就此而生——共筑百年好梦想，同创十年新未来。十四五、新十年、2035年的远景规划给我们带来的是历史性的机遇。我们的新规划就写在了2020年这个特殊的年份，是历史赋予我们的职责体现。

面向智慧经济时代，国家提出新基建，对润丰来讲，如何来践行新规划？我们也选择了"新基建"，"新十年"是指转型升级新阶段；"基本功"是指教育教学高质量，"建功业"是指优质高端必答题。高质量就是转型升级新阶段的核心，教育教学的高质量将成为新阶段的关键词，对教育质量跨越式提升的高诉求，是学校的工作理想，更是学生、家长、社会的当下必需。

回顾这个学期，我想从以下四个方面来进行总结：

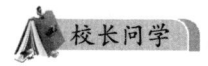

校长问学

一、主要成绩

学校过去的这一个学期应该说是平稳过渡，稳步推进的，实现了2020年上半年和下半年工作的有序、有效，也迎来了发展的一个新机遇，新平台。学校取得了优异的成绩，先后获得了教育部国家级的各类多个基地校称号，比如全国足球基地校、全国篮球实验校、全国人工智能实验校等，为学校赢得了整体发展的品牌项目，这是过去十年大家辛苦劳作的结果，也是老校长带领大家励精图治，建立高大上的校园文化、建设设施和学校内涵发展的结果的呈现和传承。

面向人工智能时代，5G时代，我们把人工智能这样一个新时代的最主要标志，作为学校新十年的项目的选择，成为了北京五所学校之一，也成为全国排名的第一个，这是一种官方的认可，更是对我们的期待。但它折射的不止是技术，更是一种思维的高度、视野的长度，是我们润丰新十年的工作进度。再加上我们还是北京市冰雪运动实验校、北京市外事窗口学校，这是具有国际范儿的。在新阶段，朝阳区要大力引进高端科技产业，这样才能够应对未来的世界变局和经济的内外双循环，我们的学校正吻合了这样的需要，因此我们获得这一重量级荣誉也是前瞻作为的。当然我们也十分珍惜这样的肯定，在本学期中小学的两次视导中，表现优秀，中学部率先接受考验，A课率达到54.5%，小学紧随其后，取得了A课率62.5%，这样创历史的带有"黑马"性质的A课率，是对我们新学年新学期新未来伟大开局的鼓励和肯定。

为什么说是伟大的开局？因为它让我们全体教师，特别是我们的干部更加坚定了一个信念，那就是我们是有能力的，我们要相信自己，我们能够在最短的时间之内发挥出最大的能力，收获成绩。

在过去的一年中，我们师生参与全国市和区级大赛达到二百多人次，刚刚组建不久的机器人人工智能社团，创新机制，拼搏奉献，取得了全国的亚军，首战告捷。更为可喜的是经过每一次调研的深入分析，反复打磨，学校九个年级的区测期末成绩，都在持续提升。特别是六、七、八、九年级区测的优秀率和拔尖创新人才等方面，量质齐升，在全区前3%—5%、区前10%、区平均分都有历史性突破，达到了历史新高，这标志着只要全体教师能够不断地变革创新，再加上我们的拼搏奉献、智慧策略，没有什么是不可能的。这样的提升，也与学校制定的拔尖创新人才培养战略是分不开的，我们将它作为重点突破，其实就是在走认知与实践的和谐之路，这是一条"竞合"之路，这个成绩虽然是阶段性的，虽然还不够精准，但是它透露的曙光，折射的趋势是上扬态势的。

这一年，学校更为重要的成果是我们的党员，我们的干部，特别是我们全体的教师，精神面貌更加焕然一新，拼搏进取、奉献担当成为学校的主流，这是了不起的，这是十分可贵的。而且这种风向已经辐射到学生当中、家长当中，社会上对学校的口碑的认可度、关注度、美誉度都在大幅提升，这都是大家奋斗的结果。

我相信天道酬勤，新一年及下学期学校还会不断地提供各种展示的平台、表彰的平台，让教师、干部、家长和学生都能够成为学校好声音的使者，成为学校高质量奋斗者的希望之星，成为学校新十年跨越发展、高质量跨越变革的美好使者。

二、主要工作

回顾反思我们的做法，形成经验，就会对我们的未来坚定信心。

（一）战略规划

规划是最大的投资，每个人的成长都离不开细致的规划。学校的成长与个人的成长曲线都是一样的，更离不开远大且正确的战略规划。学校想要更快更好地发展，战略规划问题显得特别的重要，这也是我上任以来首先做规划的原因。面向未来，学校接受新的挑战，也要寻找到新的机遇。因此，要为学校制定这样一种战略规划，面向未来五年、十年、十五年，让学校更加蓬勃有序地发展。我们把"以尊重求稳定、以服务求发展、以规划求创新、以质量求品牌"作为新学年新学期的工作主题，主动作为，高起点处理好改革、发展、稳定三者关系，把新旧十年的传承和谐架构起来。

（二）战术培训

学校的发展靠什么？质量，这个质量的实现主体是教师，所以教师队伍的建设就成为了我们战术培训的重中之重。于是学校开展了"两大行动计划"和"两大创新项目"。

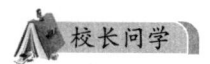

"两大行动计划"即"369"骨干教师培养行动计划和"两高"人才引进行动计划。一方面我们大力招聘高学历和高学术的骨干人才、优秀教师入校;另一方面学校持续积极搭建各类平台,促成校内教师的快速成长提升,也就是上面所提的"369"骨干教师培养计划,学校将这个计划作为教师考核的重要方面予以落实,呼唤也要求所有教师都积极投入。为此我们搭建"两大创新项目"平台:即"大家讲堂"和"首届科研年会"。我们2020年11月10日举行了首场"大家讲堂",邀请教育"大家"吴正宪理事长作专题讲座,这次的科研年会开幕式又邀请了北大教授尚俊杰、正高级教师钱守旺做第二、第三场"大家讲堂"。本次举办的首届科研年会,就是搭建平台,提供机会,让大家在高端学习、积极实践的基础上,总结反思提升,全员层层分享,希望大家能够认真学习领悟科研年会相关主题内容,寒假深度内化思考。我期待一个假期回来之后,大家在原有基础之上都有成长。科研年会它不只是科研,是教研的科研,是"长在教研里"的科研,是对教研的一个延展性的深思实践之后,又回归实践指导教研的循环往复,这才是作为我们教师战术培训的攻坚之作。

(三)重点突破

唯有突破重点,才能全面制胜。重点突破要注重"三抓":抓机制创新、抓课堂变革、抓质量管理。

1. 抓机制创新

面向新十年,学校架构了"一体双翼 两步双擎"的A型飞体新机制。在现在这个人工智能时代,5G互联网加时代,"一体双翼"是学校的机制创新。在这样的机制模式指引之下,我们创建了基于贯通的八大学科大学部和基于深研的六大项目研究院,同时强化党总支部的党建定位。我们还组建了监察部,把监控机制建立了起来。既有乘风破浪、驰骋奋进的本事,也有自我监督,保持红线和底线的坚守。

2. 抓课堂变革

这是学校的"主旋律",更是教师的"大功课"。本学期我们抓住两个传统项目"行督课"和"和谐杯"。我们按照"常规不常规,常态不常态"思维,重塑再造，做大做强。通过行督课"四八"环节新流程再造和"1+8"的校级"和谐杯"的项目刷新整合，全面对接区域"朝阳杯"基本功的项目设置和培训模块。一个学期以来，全新的"行督课"和"和谐杯"对大家的影响度、改变度都是深刻而有目共睹的。围绕这个"大功课"，学校将紧紧地把《朝阳区课堂评价标准》作为第一抓手，反复抓、抓反复。除此之外，学校还要把"基于课堂评价标准的复习课的教学设计和案例生成"作为期末复习课的策略研究范畴，以小专题、小课题的方式，纳入到教学设计和案例的检查部署之中。课堂评价标准当中还特别谈到要倡导主题式、探究式、项目式的学习，在本次期末的试卷中也有所体现，这说明我们关于期末单元主题式的备课定位是符合中高考的改革方向的，说明我们走在教育质量提升的正确大道上。看看学校很多教师的课堂变化是多么的宝贵啊，有效地推进学校"和谐课堂"的"竞合思想、问学理念"的实践表达。

3. 抓质量管理

向管理要质量，向管理要效益。所以我们今年的干部会特别多，处在新旧交换的时候，处在历史交汇点的时候，处在变化的时候，这是必须的。希望大家能够时刻反思，通过这一次次的会议，你学习到了吗？你提升了吗？你的工作方法、工作思路、工作理念、工作效果有变化了吗？

十五天能够完成什么？面对临近的中考，我们带领九年级的教师们执行了"快闪十五天冲刺行动计划"，把十五天分成四段，"7+5+2+1"，按照这个节奏进行精致研究和个性化精准指导，取得了2020年中考560分翻四番、550以上增长19倍、进入区前10%等历史性的突破，这是管理创新策略的初见成效。随后面对刚刚到来的七年级，我们提出了"三早"，即"早规划、早突破、早下手"的策略，并将培养拔尖创新者的意义扩大，提出"人人都是拔尖的，个个都是创新人"，今年的七年级期末成绩喜人，这也是管理策略的胜利。不仅是对学生，对教师也是如此。学校实行了"四部曲"管理办法：

（1）质量分析，这是教师专业基本功在新时代新阶段的核心要素。

（2）总结表彰，把这个环节做细做足，鼓舞孩子的同时收获了良好的家长及社会反响。

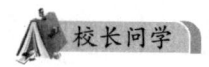

（3）命题创编，加强命题研究，依据学科特点和中高考趋势不断革新。

（4）严肃考务，期末监考以简报的方式通报考务组织情况，保持严谨严格。

这些工作都是学校取得突破性成绩的重要原因，更为学校新学年新业绩的开局奠定了良好的基础。

三、努力方向

（一）政治"三力"需要加强

党员干部及全体监事要增强政治的判断力、政治的敏锐力、政治的执行力。

（二）机制"三抓"需要加强

抓落实、抓变革、抓全面。

（三）质量"三快"需要加强

理念变化要快、实践行动要快、成果展现要快。

学校对所有的教师都充满了期待，希望大家波浪式前进，螺旋式上升。

四、今后思路

新一年及下学期，我们的总体工作思路要聚焦"高质量跨越发展"的落实，努力做到"五高五侧重"：

（一）侧重高目标的规划落实

学校制定了润丰学校"十四五"和2035年远景目标规划，即：规划内涵新校—打造质量强校—构建品牌名校—创生理想学校的"三步四段"十五年发展路线图，我们的办学目标是十六个字：质量上乘，内外兼修，社会满意，家长热衷。

（二）侧重高质量的科研创生

教科研是学校跨域发展、高质量发展的第一生产力，通过科研引领，让教育科研赋能管理创生，尤其是课题的申报在新一年，特别是"十四五"期间将是学校对大家最为重要的一个评价标准。

（三）侧重高品位的德育管理

1. 抓实高素质的教师队伍建设

主要围绕德育管理干部、班主任队伍和学科组长、教研组长学科育德建设。

2. 抓实学生常规管理机制建设

主要围绕自我管理与常规管理的深度融合。

3. 抓实体育、美术、劳动教育

学校将把体育大课间和体育课程改革作为下一步的建构目标。下学期春暖花开了，学校要以大课间、体育课程整体变革为主题，进行结构变革。同时在新阶段学校提出四大课程（AI 课程、国学课程、双语课程、美健课程），未来要形成我们的品牌。整合社区资源，架构校园北侧"润青湖"劳动实践课程基地，创建"新梦想生态园时空"，创生富有校本特色的区域劳动教育课程。

（四）侧重高水平的教师培训

重视"党员队伍""干部队伍""骨干队伍""青年教师队伍"的建设，重视市区骨干的评审，重视课题的申报，做到"人人有课题，个个有规划"，用尽一切方法，为大家的成长搭台子。

（五）侧重高服务的管理机制

党政后勤管理团队的建设要把服务型、学习型、创新型作为重要标志，提高我们的服务水平。以高尚的人生价值、尚美的教育境界和至善的情怀格局引领高服务的机制健全。

最后，我特别地感谢过去一年来为学校工作付出辛苦劳动和智慧的全体干部、全体党员、全体教师、全体员工，也借此机会请大家转达给各位家庭成员的敬意和感谢！感谢他们的支持和配合。同时也借此机会预祝大家在即将到来的寒假生活和春节幸福愉快，一切美好！

——节选自学校 2020—2021 学年度第一学期教师结业式上的讲话

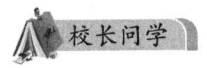 校长问学

自信自主自强　爱问爱学爱用

> ◎**背景：** 早春二月的微风吹红了校园花朵，带着对新学期的憧憬和喜悦，北京市润丰学校的师生再次踏入了熟悉的校园。2021年3月1日上午，北京市润丰学校2020—2021学年度第二学期"自信自主自强 爱问爱学爱用"主题开学典礼在小剧场举行，全体师生参加了本次典礼。

2021年对于中国人来讲有着极为特殊的意义。一是中国共产党建党100周年，二是我们两个中国梦其中第一个中国梦实现的年份。当然对我们全体润丰人来说，2021年也有特殊的意义，它是北京市润丰学校新十年的第一年的第一个学期，今天早晨，当我们迎着春光来到校园的时候，你会发现一场大雪突然而至，这是多么道法自然，天人合一的美好啊。

此时此刻，我作为润丰的校长在这样一个特殊的年份和学期里，想跟大家说什么呢？

细心的同学今天早晨进入校门的时候，一定发现了那句熟悉的话语——"共筑百年好梦想　同创十年新未来"，这是我们去年学年开始的年度词，今天我们在这句话的上面又加了一句"高质量"。写在2021这个年轮上的注定是拼搏，是努力，是奋斗，我们要有牛气冲天的气概，更要有"孺子牛、拓荒牛、老黄牛"的三牛精神。

面向新的学期，我想跟大家说两句话，也正如我们今天这个开学典礼的主题，那就是"自信自立自强，爱问爱学爱用"。

第一句话是自信、自立、自强。

中华民族走向世界舞台所面对的不是一条风平浪静的道路，而是充满荆棘，充满坎坷的，这呼唤我们什么？要有一种中国自信。

我们拥有上下五千年的历史文化，面向新时代，面向新未来，我们的国家在中国共产党的领导下，一定会实现中华民族一个又一个富强美丽的新梦想。

自信，在座的各位学子，你们是多么的荣幸啊，生活在这样一个伟大的时代，

你们就应该充满自信，国家自信、文化自信、理论自信、制度自信！新学期号召大家都要自信起来！

自立，我们要敢于去面向新的未来，在守规矩的基础之上，学会辩证行为调控。新学期呼唤更多的同学发挥自主管理的能力，充分展示自己。

自强，同学们要有自强的精神，要有一种敢于接受挑战，敢于战胜一切困难，取得光辉成绩的勇气。

那么要如何才能做到自立自信自强呢？我们要仰望星空，又要脚踏实地！

第二句话是爱问、爱学、爱用。

爱问，要学会提问，不是老师提问给你答，而是能够自己提出问题，自己去钻研解答，几乎全球的科学家教育家都不约而同的认定，面向未来，面向以创新为第一导向的新时代，能够自己提出问题，敢问想问爱问的学生，才是新标准下的好学生。

爱学，要喜爱学习。一寸光阴一寸金，唯有抓紧一切时间学习的人，深刻地热爱着学习的人，才能做学习的主人，无论你的基础怎么样，你都最终会获得成功。同学们，上天赋予你们的青春期是伟大的，这是上天的礼物，它是促进人的进步，防止人懒惰、僵化的法宝。在青春期阶段，你拥有生命成长的无限潜能，所以你不要辜负了它。刚才，我特别高兴地看到我们同学们假期作业琳琅满目，精彩纷呈。从这学期开始，学校将为大家搭建更多展示才华、勇思、才艺的地方，让大家充分地学以致用。同时，这学期我们还会更加强调课堂好习惯，好的习惯成就人的美好性格，更会是人核心素养当中的关键能力和必备品格的重要表现。

爱用，学校坚持引导同学们全面发展，五育并举，在德、智、体、美、劳五个方面都会给同学们设计展示的空间。

四天前，在这里，我代表学校向全校教师描绘了我们的十四五和2035年的远景目标，明确提出来面向十五年学校的发展愿景，要把润丰规划为内涵学校，打造成质量强校，构建为品牌名校，创生出理想学校。学校将带领全校师生将学校办成一所质量上乘、内外兼修、社会满意、家长热衷的优秀学校，

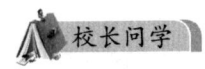

让同学们成长为有竞争力的现代中国人。这需要我们全体教师、同学和家长的共同努力。我们要一起将润丰学校打造成为每一个同学一生当中到过的最好的地方！

——节选自学校2020—2021学年度第二学期"自信自主自强 爱问爱学爱用"开学典礼讲话

师生篇

百日我宣誓　冲刺新中考

◎**背景**：在中考倒计时100天之际，为了鼓舞全体九年级师生的中考备考士气，团结家校双方力量，为中考冲刺助力，北京市润丰学校隆重召开主题为"百日我宣誓，冲刺新中考"的主题活动。本次活动分"拓展"和"宣誓"两个部分，拓展活动在学校篮球馆进行，宣誓活动在剧场进行，张义宝校长、王雪梅书记、中学部主管刘曦副校长、教学处冯永新主任全程参与，为九年级师生加油鼓劲。

今天，全程参与咱们九年级的百日誓师会，与同学们一起参加拓展，与同学们一起分享家长写给你们的信，我特别地感慨，也特别地激动，只想用三句话向全体师生提出自己的期望：

第一句话是"人生难得几回搏，此时不搏更待何时"（出自容国团）。

面对中考挑战，要迎难而上，不惧任何艰难险阻，把自己全部的努力都付出。抓住大考的机会，考上自己理想的学校。

第二句话是"一万年太久，只争朝夕"（出自毛泽东）。

在倒计时100天里，要珍惜时间，做到争分夺秒，把时间用在刀刃上，提高自己的学习效率。

第三句话是"命运是机会的影子"（出自苏格拉底）。

中考是一次人生转折的重要机会，要把握住这次机会。机会面前是公平的，每一位同学都要全力以赴，做好充分的准备，不留遗憾，这样才能在机会来临的时候有幸运降临，考上自己满意的学校。

"黄沙百战穿金甲，不破楼兰誓不还！"誓言即是诺言！相信九年级2021届的学子们一定能做自信的勇士，拼搏的强者，超越平凡的生活，插上成功的翅膀，用青春无悔，让自己的生命在六月中考中怒放！

——节选自学校2021年中考"百日誓师"活动上的讲话

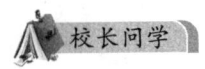

聚焦目标查不足　科学分析促提升

◎**背景**：北京市润丰学校九年级特召开三月质量调研分析会及表彰会。

我特别感谢九年级组的教师们，你们在前期工作的很多表现让我心生敬意，不少教师克服了诸多困难，取得了显著的进步，我代表学校感谢大家的付出。对后期工作我有两个要求：

一、在精细化上下功夫

对于每个学生都要有一人一策的分析，对学情的了解要具体化，除了课堂上的表现还要加强谈话，了解学生的心理，学生的家庭，集合一切力量，为学生的发展提升做努力。

二、保持拼搏的精神

中考备考的困难很多，需要付出超长的时间和精力，解决不少疑难问题。要积极，不要消极。要有志气在拔尖创新人才的培养等学校新十年中考目标上有突破，敢为天下先。

对全体九年级同学，我也想提出三点建议：

一、每天算一算

明确中考倒计时的各个节点，算一算时间，算一算方法。现在勤奋是基础，智慧是增长点。大家要学会智慧成长、科学成长、规律成长。通过科学的复习安排提升自己的成绩。

二、每天练一练

特别是本次调研加入了体育，一定要每天练一练，每一分都很重要，不能轻视体育。体育老师根据大家的调研结果给出了一人一份的运动处方，学生、家长、体育老师、班主任四方合一有计划地做好落实。

三、每天拼一拼

迎接中考进入倒计时，每天都很重要，要与困难拼搏，敢于挑战极限。大家的目标要远大,虽然不少同学获得表彰,但我们将来中考要与全市的同学竞争,要敢于争优争先。做到胸怀天下,为未来奠基。

——节选自学校九年级三月质量调研分析会及表彰会上的讲话

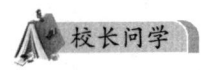
校长问学

思考中学习　问题中提升

◎背景：北京市润丰学校七年级特召开三月质量调研分析会及表彰会。

我一直觉得咱们这届七年级同学特别地幸运，幸运之处在于从七年级开始就把体育的成绩纳入质量调研的总分之中，为同学们更好地准备中考做好且做足了准备，学校以后会继续为同学们提供越来越多的科学、精准、智慧的服务和管理。今天，我有三个"每天"的新希望想与大家分享：

一、每天问一问

什么是好学生？课堂上敢问、想问的学生，善问、会问有价值问题的学生，能否自解自问有真收获的学生才是真正的好学生，最好的学生，最可贵的好学生，会问问题，敢于问问题才能够获得更多的机会提升自己，学会更多科学的学习方法。在问中学习，老师科学变革，学生大胆尝试，家长大力支持，最终会得到质的飞跃。而问问题的第一个状态即为敢问，想问；第二个为善问，会问；最后一个则是善于把自己提出的问题进行验证或者尝试解决。并在现场对学生们进行了提问的实践，得到了学生们积极的响应和互动，启发了大家。

这一点是送给咱们七年级同学的特别的"希望"，因为改变的时间来得及，也是你们要成为未来创新人才的核心素养！要每天践行问一问。

二、每天练一练

这一点在体育成绩中体现的非常明确，学生们需要了解到体育成绩在中考中的地位变化，一定要确定"满分"的目标和信心，更需要寻找到科学的练习方法以及坚持锻炼的习惯。给大家提出"每天两个十分钟"的练一练的建议：每天早上至少快跑10分钟；每天晚上练自己中考体育学科弱项至少10分钟。需要大家马上行动，坚持三年，满分必达！

三、每天限一限

进行限时训练，关注自己的完成时间和规定时间，用这两个维度来进行自我检测，并有教师贯彻在学科教学过程中，学生和家长们进行相关学习方法的调整。比如"限时作业"，你们要每天算一算：今天作业用时多少分？这次作业时间够用吗？要在时间的测量中反思原因何在？如何改进？

衷心希望大家都能为自己设定"自我目标兑现奖"，以此激励自己明确目标，制定达成目标的学习计划并为此坚持不懈的努力。相信会有越来越多的同学不断地提升自己，大踏步前进。

——节选自学校七年级三月质量调研分析会及表彰会上的讲话

家校篇

投我以木桃，报之以琼瑶

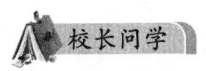 校长问学

历史的天空：将见证2020届的未来奇迹创生？！

◎背景：2020年8月1日，北京市润丰学校召开2021届线上七年级学生家长会，旨在向家长详细介绍学校、教师以及学校未来十年的规划目标，引导学生在初一就为自己打下坚实的基础，协同家长一起更好形成家校合力。

学校已经制定了未来十年的发展的详细规划目标，希望家长们也要早为孩子做出规划，这样才能引导孩子更顺利地走向成功。学校将花费大量的精力、财力、人力促进"三高"，即高人才、高智慧、高学术的人才培养，为学生做好坚实的后盾，还提出了"三有""三早""三新"，分别是：

"三有"：做一个有大胆想法的学生和家长；做一个有坚定信心的学生和家长；做一个有高远目标的学生和家长。

"三早"：更早谋划、更早下手、更早突破

"三新"：

新课程：在原有学校传统项目和课程设计的基础上，精心做好国家课程的校本化，把培养拔尖创新人才作为学校头等目标；增设AI、AR课程，为学生的未来发展架设桥梁；增设五三竞赛课程，围绕教育部五大学科竞赛进行，为学生的梦想打下坚实基础。

新举措：建立八大学部，成立项目研究院，形成更加高精尖的教师团队；成立初一管委会，给予大家更多的创作平台；为每一个孩子提供不同阶段的个性化材料。

新朋友：与同学们交朋友；与家长交朋友；与考试交朋友。把考试看成纸老虎，要藐视它，不要惧怕它。让它帮你找到不足，从而进步。

国家想要发展，想要突破当前艰难的国际局面，就必须努力发展自己的核心技术，就需要有高精尖的有核心技术的人才，学生正是要本着这个方向去发展自

己，学校也正是本着这个方向去提供相关的课程以及一切的发展平台，鼓舞学生努力面向未来。教师也正要本着这个方向去发展自己，勇于开发本学科的新的课程资源，培养学生的能力，适应时代的发展。只有每个人心中都怀有强国梦，个人才能有不竭的奋斗力量，民族和国家才能有不竭的富强力量。

每一个孩子都是非常有潜力的，家庭的教育要对孩子有期望，要清楚孩子发展的需求，要相信生命的奇迹，生命具有巨大的潜能，尤其是处于豆蔻年华的学生，能够达到的高度也是无限的，教师和师长要观察他，看到他的潜能，开发他的最大的潜能，要相信他，不能根据当前孩子的不太好的表现静止地看问题。有大胆的想法，才能寻找一条不寻常的发展之路。学校会尽一切力量，支持每一个有追求的孩子的个性发展！我愿意与每一个同学做朋友，与每一位家长做朋友，只要你们有自己的想法、建议都欢迎大家来与我交流。

——节选自学校2021届七年级第一次家长学生视频会上的讲话

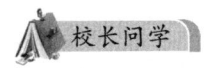 校长问学

战时状态：梦想会成真

> ◎**背景：** 2021年是北京市新中考（两考合一）实施第一年，也是润丰学校十年新征程的第一年，还是新冠肺炎防控常态化的第一年。为了打好开年之战，激发2021届九年级全体学生及家长的学习热情，统一思想，提高认识，明确新中考考试要求，树立远大而明确的人生目标，做好中考复习备考工作，全身心投入到迎接中考的学习冲刺拼搏中，2020年8月1日，北京市润丰学校召开2021届线上九年级学生家长会。

2021届润丰九年级的同学们，我代表学校希望你们能够一起努力，创造自己和学校的新篇章、新奇迹，成就"123456"的"梦六"：

1指的是：2021届九年级是润丰学校开启第二个辉煌十年的第一年，恰逢中国梦的第一个100年梦想（建党100周年）的实现，因此，本届九年级与祖国、与中华民族的命运紧紧地联系在一起，具有非凡的意义。

2指的是：2021届中考的新变化是"两考合一"，中考政策的变化，体现了立德树人的根本要求，需要同学们全面发展，五育并举。

3指的是：三有、三早和三新。

4指的是：从我到润丰到2021年中考是4个100天，需要同学们扎扎实实的把每个阶段的学习落实好，今天同学们进行了九年级宣誓，大家的豪言壮语激发了青春梦想。

5指的是：今天参会的包含了学生、家长、班主任、任课教师、校长五个群体，我主动请缨，一定要跟九年级的学生和家长见面，表达对同学们的殷切希望和美好祝愿。

6指的是：6个小时，当天下午3点到我讲话的时候，以我牵头的学校管理团队和部分教师已经连续开会学习6个小时，这种忘我的废寝忘食的工作状态，代表了润丰学校的新常态，是学校实现新奔跑新腾飞的保障。

"123456"的"梦六"开篇昭示了2021届九年级的不平凡，润丰学校奋发图强、

追求卓越的新决心，教育教学质量新突破的青春梦想。

我特别希望全体师生和家长尤其重视"三个三"：

"三有"：有想法、有信心、有目标。鼓励全体初三学生，不辜负青春的宝贵年华，不甘于平凡，树立远大目标，敢想敢干，成就梦想。

"三早"：早规划、早下手、早突破。明年的中考现在就要进入状态，早做准备，熟悉考试形式和要求。早做规划，我们的教师会提供帮助。我们国家能把疫情控制得很好就是早发现早隔离早治疗，掌握了主动，取得了胜利。

"三新"：新机制、新举措、新朋友。学校建立了贯通管理体系，建立了语文、数学、英语、物理、理综、文综、艺术和体育八个大学科研究部，建立了项目研究院，成立初三管理委员会，校长书记加入，全程参与九年级的重大活动，助力中考教学质量的提升。学校为了寻求中考的突破，将开展拔尖创新人才的培养计划，希望学生能通过拼搏展现自己的青春风采。教师们认真做了考试的质量分析，制定了教学策略，也会针对学生的需求，提供个性化的帮扶，更好地服务学生。

我非常愿意与九年级的学生和家长交朋友，上下一心，共同努力，保持战时状态的工作学习劲头，期待2021届九年级中考圆满成功，不辜负上天赐予的青春美好时光，不错过人生不可再遇的中考机遇。

——节选自学校2021届九年级第一次家长学生视频会上的讲话

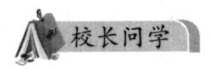 校长问学

一种幸运：最美相遇在今朝

> ◎**背景**：为了让新一年级学生顺利从生理到心理适应学校的环境，养成良好的习惯，2020年8月29日，北京市润丰学校开展新一年级学生开学日暨首次家长开放日培训活动。

学校的指导思想就是一切为了孩子、一切为了明天，办学宗旨为"三全、三爱、三服务"，办学特色为和谐教育。结合"全方位、多角度、多层次、多规格"的人才观，为孩子创设全面育人环境。同时学校不仅有先进的教育理念作支撑，还有强大的硬件设施做后盾。学校四个楼层，共十二个展厅的校园博物馆，以及篮羽馆、剧场、食堂、阶梯教室等场馆，呈现出了最现代化的办学条件。新学期，为了大力提升课程核心竞争力，在我的带领下，学校又开设了多个重点项目研究院，分别是：AI课程研究院、AR课程研究院、STEAM项目研究院、五三竞赛研究院、规划项目研究院、文宣项目研究院，并提出了新十年的战略项目的选择：要注重学生的高阶思维培养，培养拔尖创新人才，开设AI课程、AR课程、五三竞赛课程，为实现九年贯通、培养科技型人才打下了坚实的基础。

希望家长们要提前关注了解最新的政策，实现变革，参与到学校的改革中来，诚挚地预祝各位新一年级的家长未来美好，好梦成真。

——节选自学校新一年级学生开学日暨首次家长开放日培训活动上的讲话

润丰新起航　少年新成长

> ◎背景：2020年8月30日，北京市润丰学校"润丰新起航　少年新成长"七年级新生家长会在学校小剧场举行。本次会议由七年级主管校长助理刘曦主持，全体行政干部、全体七年级教师出席，全体七年级新生家长及学生应邀参加。

今年的七月具有特别的意义，在这个时间与七年级的同学们一起作为新的力量加入了润丰学校，与大家有特别的感情，在假期就迫不及待利用网络视频与大家相见，今天更是特意穿了粉红色的衣服，希望给大家留下一个粉红色的记忆，因为粉红色的记忆总是能够给人一种美好的感觉。同学们正处在美好的豆蔻年华，每一个人的身上都拥有着无尽的看不见的力量，你们现在正处在初中七年级的开始，是你生命中除了出生之外，第二个最具爆发力的，最能创造奇迹的年龄的开始，是伟大的青春期的开始。在这个阶段，我们最应该好好掂量，好好设计，好好利用。

现在正是同学们开始迸发出强大自我意识的时候，你们每一个人都有着无限的潜能，上天赐予了你们的天赋，如果你们不能善加认识和利用，那该是多么遗憾又让人后悔莫及的事情啊。我一直在说今天我们的润丰是要为祖国培养拔尖创新人才的，什么是拔尖创新人才？其实人人都是拔尖的。正如喜马拉雅山很高，是地球的第三极，但是如果没有青藏高原诸多独一无二的山峰的烘托，又怎么能够显示出其高度的意义呢？所以人人都是拔尖者，这个标准是客观的，更是主观的。人人都是创意者，这更不需怀疑。因为在创新面前没有智能高低，只有创意，而人的思想是我们区别于其他动物类或者其他背景的一个生命类的最伟大的地方，有思想就可以穿越历史，跨越万物，遨游宇宙。

今天，我们的润丰将在继续保持传承卓立校长和谐教育思想的基础上微调一个小指标，把我们的平民化教育改为拔尖创新人才教育。拔尖创新人才培养并不玄乎，并不高远，只要你提前三年开始规划，我们有足够的时间来实现这样一个

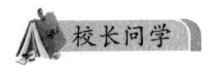

拔尖创新人才培育的目标。今天,我再次对我们七年级的学生、家长来提这个话,表示的是我们庄严的承诺,但更期待的是我们拥有的共同的信心。因为只有这样,我们才能够找到我们共同前进的方向。昨天,我在九年级的见面会上引出了曹操的名篇《观沧海》,并邀请一个孩子到前台背诵,鼓励他要勇敢表现自己,敢于向名校挑战,树立大志向。今天我在这里同样说起这件事情,希望在座的孩子们也能够如此,在你们七年级刚刚开始青春生活的时候,立下大志,细致规划,你们的理想一定能够实现!

能够到润丰来做校长我感到压力很大,但是也倍感光荣和自豪。我们这一届的同学选择了我们的润丰学校,与我共同开启新十年,我一定会更加地重视,更加地关注,更加地与我们各位家长交朋友,与各位有想法的同学交好朋友。人生至真至爱,至善至美,就叫止于至善。止于至善,止于至,善的至,善达不到,但是人类又不停地追寻,永远达不到,这就是梦想的力量,也是思想的力量,创意的力量。一旦拥有这样的力量,人能够焕发出来的那种青春的力量,学习的智慧是难以想象的巨大的,因此,我今天要点燃每一个同学,不论你的底子如何,请大家一起在今天迈上你的拔尖创新人才之路!

今天,我把我的观点,我的想法,我的策略,我们学校的思路,我们班子的研究,我们新十年润丰人的新构想、新宏志、新目标,真诚地展示给大家,就是要表达我们与大家是一体的。我期待新的七年级,2020级润丰新十年的第一届七年级,你们的未来不是梦,你们的未来一定有好梦,你们的梦一定能成真!

——节选自学校新七年级学生家长会上的讲话

家校篇

青春期的"伟大"与衡水中学的"奇迹"之于润丰"八年级人"的启示

◎**背景：** 2020年9月28日，北京市润丰学校召开"奔跑吧，伟大的青春期"八年级第一次线下学生家长会，张义宝校长为北京市润丰学校2020—2021学年度第一学期八年级的师生、家长进行了"校长家校第一课"。

大家看到我这个讲话题目，你们觉得应该关注哪几个词？我们考阅读就是要抓关键词，看到这个题目，大家想问些什么呢？

学生："我抓的词是'校长家校第一课'，既然这是第一课，那我们是不是还有第二课、第三课？"

当然有。你不止能抓大处，还能看到细处，真棒！

学生："我抓到词是'衡水中学'，我们是要按衡水中学的模式来学习吗？"

抓得好，当然不是按照别人的模式来学习，我们要创造自己的奇迹！

家长："今天来参加校长家校第一课，通过刚刚在下面听张校长介绍教师和大家的互动，我觉得我看到了一股新力量，就像刚刚大家说的未来十年张校长来带领大家，润丰一定会迈上一个更高的台阶。我认为一个好的学校，要有好的学生、好的师资、好的条件，更要有好的具有领导力的领导，好的管理制度和流程。我想问的是接下来咱们学校在各项制度和管理流程上是不是会有一个新的改革呢？"

感谢家长，您提了一个很优秀的问题。您感受到了我们将有变革。昨天《中国教育报》跟我约稿，其中在第二段我写到学校要成为一个师生成长的精神港湾的要义就是学校应该成为师生改变的地方，创新的地方，变化的地方。

这是我们的润丰学校，我们并不陌生。我们首任的卓立校长伴随着你们八年的成长，他今年退休了，但是他创造了润丰的文化理念和设施设备。今天我们的同学迈入了青春期。有的人说青春期是个叛逆的时期，但是我为什么说青春期伟大呢？它伟大在哪里呢？

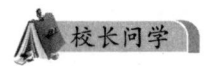校长问学

一、青春期为什么"伟大"？

青春期是上天专为人类所做的一个美妙设计？！青春期就是这样的一种促进人类进步，防止人类懒惰僵化的伟大机制。青春期是一个特殊的伟大的成长季节。属于每个人的青春期只有一次可不能辜负了，因此青春期我们应该如何度过？正如刚才同学、家长上来都说到一个词"成长"，上天就在这样的时刻赋予了你一个伟大的力量，这个力量是任何人不能阻止，是你自己不一定能够发现的，但它就是那么神奇地到来了，这样的生命奇迹就是我们青春期的意义。

二、衡水中学"奇迹"何在？

为什么要提衡水中学？因为他们都是普通人，但是他们实践了奇迹，他们抓住了这个属于青春期的伟大力量，脚踏实地地去努力，紧抓每一分每一秒的时间，去实现自己的目标。2020年衡水中学被清华北大录取的人数占了全省的70%，他们拿到了去往更广阔舞台，追逐更高级别梦想的入场券，造就了普通人的奇迹！

三、润丰"八年级人"能否借鉴？

这样的奇迹我们能不能借鉴？在回答这个问题之前，我想问大家一个问题，一个假期应该是休息的时间，为什么教师瘦了十斤呢？因为教师都在努力，因为教师已经身处在了变革之中，因为教师已经先一步开始研究"新中考"，参与"新基建"。我还要告诉大家一个好信息，我是6月19日上任的，23日到学校来正式上班，之后我们就搞了一个快闪行动，十五天的时间我们也创造了一个奇迹，让我们的拔尖创新人才的数量发出了惊人的进步和变化。在原有基础之上，我们的560分翻了四倍，550分数量增加了十九倍。那么你们说奇迹能不能借鉴呢？距离我们的中考还有六百四十五天，你的时间够用吗？应该怎么去规划？你觉得自己如果迸发了青春期的伟大力量，能够创造出什么样的奇迹呢？伟人毛泽东说一万年太长只争朝夕，我要说六百天既长又短，我们更要只争朝夕！希望大家能够关注以下十点：

1. 做事条理清晰

懂得如何合理地安排自己的时间，提前规划好一切，知道把事情分成轻重缓急，明白自己应该先做什么，后做什么。

2. 主动给自己"加餐"

很多教师都会布置额外的作业，供学有余力的同学完成。其实教师布置这些作业别有用心，是为了让学生们循序渐进地适应试题的难度。

3. 不懂就问为什么

在需要教师帮助的时候及时提出来。这样有利于教师及时了解你的学习情况，查缺补漏，对症下药。还可以让自己对问题理解得更透彻，也会改变教师对你的看法，对你的成绩产生正面、积极的影响。

4. 明白学习的目的

学霸们之所以学习好，是因为他们的学习是持之以恒的。不管有没有考试，他们都会很认真地学习。当临近考试的时候，他们会更加努力地学习。对于他们而言，学习的目的并不是考试，考试只是检验自己学习成果的一种手段而已。

5. 广泛涉猎，不给自己设限

阅读面要广泛，不止局限于教师的阅读清单，还有可能来自于书中的某一个知识点，甚至是教师在课上讲的一句话。很多的知识都是融会贯通的，有可能你在某本书上看到的东西刚好能够解决一个困惑你已久的问题。

6. 善于记录自己不懂的东西

每当遇到不懂的问题的时候，要及时记录，及时解决，并把问题的答案也写在一旁，以便以后查阅。这样久而久之，收获的就不仅仅是课本上的知识。

7. 明白应该在哪学习

找一个舒适的地方，一个安静、有私人空间、有安全感并且能摆得下你的学习用品的地方。一个好的学习地点可以让你事半功倍。

8. 善于寻找适合自己的学习习惯

好学生通常都有一些适合自己的学习习惯——他们深知不是每一种方法都适用于所有人，所以他们会找到最适合自己的方法。只要是发现能帮助到你的方法，你就应该坚持使用。

9. 无法改变规则，就改变自己

如果你不适应环境，那就尝试改变；如果改变不了，就改变自己。从自己身

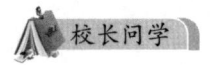

上下手,远比试图改变环境有效得多。

10.学好不喜欢的科目才是王道

我们每个人都会有比较拉分的科目,即使是学霸们也不例外。一方面,我们要保持住自己的优势科目;另一方面,我们要在自己的拉分科目上付出更多。真正快乐的,不是做着自己喜欢的事情的人,而是能把自己不喜欢的事情做好的人。

如果同学们可以每天及时复习,搞好学情周总结,重视每一次考试,那么你们一定可以走得更远。

最后请大家跟我一起来读这十五条忠告:

1.有的时候你会感到绝望,但不放弃是对付困难的最好办法!就算头破血流,也要勇敢往前走。

2.千万不要有侥幸心理,认为自己的强项一定能弥补弱项,高考什么都能发生,有弱项会使你未战先败。优秀和平庸的差距,往往只在于一件事。

3.坚信你的对手一样会感到疲惫。当全世界都在说放弃时,告诉自己再试一次。

4.不管作业有多少,都要按时完成,而且要有质量地完成,切记,认真且有思考地完成一套卷,比走马观花地完成十套卷要有效得多。现在偷的懒,都是给将来挖的坑。

5.就是到了最疲惫的时候都不要放弃,否则前功尽弃。不要轻易放过自己。

6.不要熬夜熬到太晚,上课的40分钟利用好,绝对有事半功倍的效果。注重保持身体健康,提高学习效率。

7.不要谈恋爱,这一年过了就不会再回来,而爱情什么时候都能谈,男生、女生事业有成,不怕没有老婆、老公。努力变优秀,为再见的时候。

8.着眼于面前,不要沉迷于玩乐,不要沉迷于学习进步没有别人大的痛苦中,进步是一个由量变到质变的过程,只有足够的量变才会有质变,沉迷于痛苦不会改变什么。不要把最美好的时光,用来杞人忧天。

9.停下休息时,不要忘了别人还在奔跑。学如逆水行舟,不进则退。

10.人生若没有一段想起来就热泪盈眶的奋斗史,那这一生就算白活了。别让未来的你，讨厌现在的自己。

11. 生活不是等待风暴过去，而是要在风暴中学会展翅翱翔。不要害怕困难，困难是给你弯道超车的机会。

12. 只有经过地狱般的磨炼，才能拥有创造天堂的力量；只有流过血的手指，才能弹出世间的绝唱。你有多努力的现在，就有多不惧的未来。

13. 一个人应当养成信赖自己的习惯，即使到了最危急的关头，也要相信自己的勇敢与毅力。你的壮大，才是你身边人的底气。

14. 真诚地去和每一个同学交朋友，因为一旦进入大学进入社会，你只能怀念中学时纯洁的友谊和共同奋斗的生活，高中时的朋友往往会是你一辈子的朋友，中学时的友谊是最纯洁的。

15. 知道你很辛苦，但也请不要将负面情绪发泄到你的父母和老师身上，他们做的一切都是为了你能有一个美好的将来。不要让自己为当初的任性而后悔。

你们现在是八年级，你们还有宝贵的两年，请奔跑起来吧，去迸发你们最伟大的青春力量吧！凡是有道！大道至简！

——节选自学校八年级第一次学生家长会上的讲话

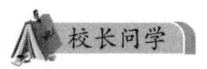 校长问学

42天：爱拼才会赢

> ◎背景：2021年6月7日，北京市润丰学校召开"贵在有梦，重在坚持"一模学生表彰会和家长会，全体九年级师生和家长参会。

同学们看这三个字："看""静""调"。

"看"就是明天一进入体育考场，先看周围环境，可以前后左右看，上下里外看，人多人少看，这是熟悉场地情景氛围，便于心理好奇提前释放，这样的准备就充分。

"静"就是在做好充分看全面看之后，迅速进入自静状态，避免无故再与他人说话现象，保持平静的心情，防止不必要意外情景情绪发生，从容面对。

"调"就是一旦有紧张的情况，要学会自我调整，可以采用做四到八的八拍自我深呼吸调整，也可以使用自己的应对"小妙招"，用最短的时间平复、处置。

针对很快到来的中考，大家要"冲冲冲"：

1. 我们需要"冲动"！还有42天全面中考，心动才能行动，必须让自己激动起来、兴奋起来！聚焦中考目标，在"一模"成绩的基础上一分一分地算，每分必争，找好突破点。

2. 我们需要"冲锋"！敢于走在前面的人才是真正的旗手和先锋战士！狭路相逢勇者胜，同学们要有敢为人先、攻克难关的勇气，不怕苦、不怕累，一鼓作气，使命必达。

3. 我们需要"冲刺"！考场就是战场，最后的中考就是一场"拼刺刀"的实力战、信念战、心理战！要在"刀光剑影"的备考中，战胜一个又一个"拦路虎"，要跟德行、知识、能力、素养方面的薄弱点、重难点等隐形的"竞争对手"赛跑，展现我们伟大青春期赋能的青春的真正活力，相信一切皆有可能，一天一天拼，用拼搏和付出，让青春无悔！一定创造属于我们美好青春时代这一"人生第一大考"胜利的奇迹！

——节选自学校九年级一模学生表彰会暨家长会上的讲话

附录 1

发表篇

黾勉同心

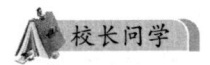

教研活动是否需要"课程化"

教育进入新时代，人们对美好教育的追求与日俱增、与时俱进，中小学如何提供更优质、更精准的美好课程？如何提供更平衡、更充分的课程服务？如何创新更前瞻、更先进的体制机制？这些不仅是教科研人员新的课程观察视角，也是中小学教育工作者需要进一步思考、探索、建构的课程行动目标。从本期开始，周刊邀请北京市朝阳区教育研究中心副主任张义宝就这些方面做些思考和分享。

教研活动需要"课程化"吗？回答这个问题，需要从我们一次制定规划的问卷调查说起。

"十二五"末，为了制定"十三五"教研工作规划，我们就"面对新的教育发展形势，您认为教研活动存在的问题主要有哪些？您认为未来5年，教研工作最应该实现的五项转型是什么？"等诸多问题进行问卷调查。其中，关于"面对新的教育发展形势，您认为教研活动存在的问题主要有哪些？"这个问题的问卷反馈统计是这样的：

按权重均值，对于此问题按照重要程度排序，无论是学校领导和一线教师，还是教科研部门教研员和科研员，都认为存在的问题中"当前的教研活动和教师发展缺乏系统设计""学科组管理和建设能力有待提升"高居前两位。

这个问题的主要指向应该是"缺乏系统设计"，我们仔细反思一下，传统区域教研活动确实普遍存在缺乏"课程意识"、很少进行"课程化"的教研活动专项研究设计，更缺少"教研活动课程化"的顶层设计和具体操作实践模块建构。

如果教研活动需要"课程化"，那么"教研活动课程化"的概念内涵是什么？

我们认为，"教研活动课程化"是指教研活动实施者基于教师发展需求，与教师合作开发的具有明确目标、适切内容、有序实施和恰当评价的教研活动课程行动。它包括区域教研、学区化教研、集团联盟教研、校本教研等多层次多类别的教研活动，旨在重构教研内容，解决当下教研活动所存在的缺乏系统性、针对性、随意性问题。同时，我们试图通过各级各类教研活动的"课程化"实施，提高教师对核心素养内涵的理解。

从概念可以看出，"课程化"的教研活动主要有四个基本要素：课程目标、课程内容、课程实施方式、课程评价。

课程目标决定课程的方向、内容及实施过程的状态，是区别于一般教研活动的本质要素。课程内容是对课程目标的进一步分解，主要有两类，第一，研究成果转化为课程内容；第二，基于教师专业发展的现状和需求设计。课程实施方式是指课程内容得以开展的载体，课程的实施有赖于教师自己的实践研究。

常用的实施方式有：专题讲座、课堂实践研讨、小组互动探讨、自我实践反思、评价交流等。课程评价对于提高教学效果具有重要作用，一定要发挥评价的诊断、激励、调控和教学功能，对学员的课堂学习效果进行评价。

如果教研活动可以"课程化"，那么开发流程、实施流程有哪些环节？

为此，我们组织研发制定了《教研活动课程化实施指南》，明确了"课程化"的教研活动开发流程和实施步骤。其开发流程包括三个环节：需求调研—提炼教研活动主题—设计教研活动课程—申报培训课程。

其实施流程包括五个环节：目标制定—内容设计—组织实施—效果评价—总结经验。

依托区域网络平台，基于大数据进行的调研分析、课程培训、资源推送、课程评价等相关教研活动的效果是积极有效的，克服了学校及教师类别多元等带来的教研活动碎片化、零散性、不均衡、欠公平等传统弊端，深入推进了教研活动自身课程化的进程和资源的系统建设。

经过几年的初步研究和实践，我们积累了以系列化、资源化和信息化为特点的部分学科教研活动课程资源，为提高教师基于学科核心素养的教学能力和教师开展自主深度学习提供了良好的平台。

未来，我们还将通过建立"区域教师教研与学生学习效果关联数据库"，系统记录教师参加教研活动的学习过程及其利用所学开展的教学实践行为，以及学生的学习效果数据，加强对教师学习质量和教研活动实施者培训质量的监控，提高各级各类教研活动的精准性和实效性。

——刊号：CN11-0179《中国教师报》 2017年12月13日13版

文／张义宝

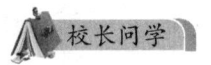

教育未来：超客·超元·创客

近期，我们参加了一次国际化教师素养提升培训，主题是如何有效进行课程开发和教案设计。

培训中，我们学习小组的两个关于"超客"和"超元"的随堂作业设计，被美国加州大学洛杉矶分校教授詹姆斯·凯特洛尔和美国加利福尼亚大学教育学博士雪莉·科尔现场收藏，这令我有点意外和激动。

或许是我们关于教育未来的独到理解和创意赢得了他们的学术尊重和欣赏。看起来是灵感瞬间袭来的作业，实际上是基于我们长期学习思考和不懈探索实践的结果。

关于"超客""超元""创客"的关系我们是这么说的：未来世界之于未来教育，未来教育之于当下改革，当下改革之于课程建设，核心素养之于立德育人，课程整合之于边界穿越，学科融通之于数学教育，创新人才之于问学课堂。宏观视域——超客，我们心中的未来使者代号；中观建构——超元（园），我们心中的未来学校代号；微观探索——创客，我们心中的学科作为行动。

这一切，促使我们改变当下，立即行动，由此寻找一个通向未来教育的现实学科、课堂、课程的实践探索之路——创客教育。这需要从创客教育与数学学科的课程整合聊起、问起、建起、思起。

聊起：创客、创客教育、数学教育、课程整合——聚焦当下？

在《连线》杂志原主编克里斯·安德森眼中，创客运动是数字技术和个人制造的融合，由此将会诞生一场新的工业革命。创客土壤正在逐渐成熟，只有想不到，没有创客办不到。或玩票，或创业，创客们总会在创意的黑洞捕捉到梦想成真的光亮。

创客教育的主要课程涵盖了丰富的内容，并吸收了STEAM的精髓。目前，主要有卡魅科技制作课、怪物机器人、3D打印和三维建模、开源硬件、多元模式沟通能力等。

数学与人类发展和社会进步息息相关，随着现代信息技术的飞速发展，数学更加广泛应用于社会生产和日常生活的各个方面。数学与计算机技术的结合在许多方面直接为社会创造价值，推动着社会生产力的发展。

在小学数学教育教学中，进行课程资源整合，实现跨领域跨学科融合，让学生以"创客"方式创造数学教育课程的"创客空间"，是值得关注的新视域。

问起：创客教育与数学教育及其课程整合有何内在联系——本质追寻？

当创客精神与教育相遇，"创客教育"便诞生了。

可以说，创客教育集创新教育、体验教育、项目学习等思想为一体，契合了学生富有好奇心和创造力的天性。

当前，学校教育最迫切的趋势之一是"回归到真实世界的学习"，创客空间或创客教育，是真实世界学习活动之一。

奉行"创造即学习"的创客教育，实际上是"做中学"的升级版，在学习个性化时代，数字技术和工具的快速发展，让学生不仅可以通过在线学习获得知识，而且还能在学校的创客空间设计制作，发挥创造才能。

这是因为在数字时代，人们的学习将逐渐从"对知识的消费"转变成"对知识的分享和创造"。

学校，就是一个类似社会的实践空间，既是创客教育的最佳场所，也是课程实施的环境和载体。

《义务教育数学课程标准》（2011年版）明确指出，数学课程的设计与实施应根据实际情况合理地运用现代信息技术，注意信息技术与课程内容的整合，注重实效。为了适应时代发展对人才培养的需要，数学课程还要特别注重发展学生的"应用意识"和"创新意识"。

这其实是基于数学又超越数学课程内容而提出的核心概念。每个人的数学素养是现代社会每一个公民应该具备的基本素养，数学教育更要发挥数学在培养人的理性思维和创新能力方面的不可替代作用。

这与创客教育的核心理念不谋而合，正是两者的本质属性和内在联系点。数学课堂是学校创新人才培育的主要阵地，数学课程、数学教育及其课程整合正是指向了学校创客教育极为有效的实践空间。它不仅能够为学生提供一个可供利用的场所，更因其自身独特的思维性、工具性、教育性、统整性等课程功能，成为创客教育实

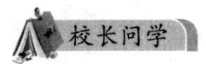

践的最佳土壤之一。

因此，深刻理解创客教育与数学教育及其课程整合的内在联系，主动对接，整合课程新资源，创新教育新方式，建构数学新课堂，已是应然所需。

——刊号：CN11-0179《中国教师报》2017年12月20日13版

文/张义宝

"超客·超元·创客"的实现方式

上期，我以"聊起"和"问起"两块内容，表达了对创客教育与数学学科的课程整合的现状和目标的观点，本期继续说一说对创客教育课程建设和发展的思考。

建起：怎样探索建构小学数学教育及其课程整合的创客教育——大道至简？

具体实践中，可以在以下几方面进行尝试。

增强问题意识，探索数学创客式课堂结构，让自主与创新精神成为常态。

问题是创新之源泉、创意之活水。在以"培养学习者创新"为目标的创客式数学教育教学中，教师要培养学生的问题意识，倡导和树立"敢提、能提问题的学生是好学生；会提、善提问题的学生是最好的；学会解决自己提出问题的学生才是最可贵的"新问题观；建构"启问导标—自学调控—内化反馈—自主检测—总结反思—问题解决"的问学课堂新结构；处理好个体"独立学习"、组内"合作学习"、组际"竞争学习"三者关系，以求达到全体"创新学习"的终极目标。

优化课程目标，整合数学创客性教育内容，让"综合与实践"焕发生机。

义务教育阶段的数学课程标准总目标增加了数学基本思想、基本活动经验等内容，这是学生未来学习、终身学习所需要的素养。

我们要优化数学课程设置的"综合与实践"内容，这是具有创客性的重要教学内容，让学生综合运用"数与代数""图形与几何""统计与概率"等知识和方法解决问题。

例如，在六年级综合与实践课例《自行车里的数学》中，授课教师确定了"未来自行车的设计"这一目标，学生在充分经历了"提出问题—分析问题—建立数学模型—求解—创意设计"这一解决问题的基本过程后，不仅发现了"前后齿轮比"和"后轮长"间的联系及变速原理，纠正了课前认识误区，还设计出了减少风阻和具有特殊功能的"隐形链条自行车""水陆两栖自行车"等极具创意的"未来自行车"。课后，学生将此创意成果发布到创客空间，以求企业的合作研发。

研发跨界课程，建构数学创客化课程载体，让合作和竞争素养成就未来。

日本教育专家佐藤学指出，课程就是"学习的履历"，"创造课程"并不是制

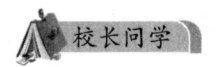

订计划和目标,而是要创造"学习的经验"。

创客课程的要义就是动手做,鼓励学生大胆尝试、迭代设计,这样的课程可以激发人的潜能,打破年龄界限。

在探索创客课程方面,有一所小学研发智能机器人课程的经验可供借鉴。该机器人课程结合数学模型建构了课程载体,课程内容分为三个部分,第一,创造思维训练;第二,技术工具储备;第三,创意式主题实践活动。

该课程指导教练是一位教过语文、数学和信息技术的"跨界教师",被同行戏称为传奇"侠客",他的学生被誉为"超级小创客"。这是因为2012年国际家用机器人灭火比赛中,他的4个学生双双夺取两个组的世界冠军。

其实,这所学校2012年开始机器人课程实验,现在已经拥有学校所在省份最大的城区机器人研训活动中心。目前,学校的机器人课程已由精英化走向平民化,由社团式走向课程化,由竞赛式走向创意化,并探索由网络化、平台化走向产品化的新路径。

这样探索建构的课程就是一种创客化课程建构方式,其实质就是创客教育。

思起:全才教育——"钱学森之问"的答案?

科学家钱学森曾在写给钱学敏的信中这样描述未来教育:我在想,中国21世纪的教育是要培养18岁的大成智慧学硕士。具体讲,第一,熟悉科学技术的体系,熟悉马克思主义哲学。第二,理、工、文、艺结合,有智慧。第三,熟悉信息网络,善于用电子计算机处理知识。这样的人是全才。

我们从追求培养西方文艺复兴时期的全才,到19世纪中叶的理、工、文、艺分家的专家教育,到20世纪40年代的理、工结合加文、艺的教育体制,再到今天的理、工、文结合,未来我们将探索培养全才的教育。

由此,我们坚信只有研发出面向未来教育的课程,才能培养出可以满足未来需要的"超客·超元·创客"!

——刊号:CN11-0179《中国教师报》2018年1月10日7版

文/张义宝

AI时代更要捍卫"学习者主权"

人工智能时代来了,技术与教育融合才能共创新时代的美好教育。

去年,应互联网教育创新中心邀请,我围绕"新中高考改革+人工智能(AI)时代"的挑战与机遇主持了一场"世界咖啡"沙龙。参加沙龙的嘉宾是来自20家教育企业的负责人。

在校企深度融合成为人工智能时代必然趋势的背景下,这场教育人与教育企业人的交流很有必要,正如互联网创新中心负责人所说,高考改革是有"温度"的,企业只有回归教育本质、延续教育本质,让"立德树人"不再是口号,才能走得更远。

新高考改革是深化考试招生制度改革的"撬动杠杆",也是深化教育领域综合改革的"倒逼机制"。新高考改革的总目标是形成分类考试、综合评价、多元录取的考试招生模式,构建衔接沟通各级各类教育、认可多种学习成果的终身学习立交桥,必将打破"一考定终身",引导学生全面而有个性地发展。新高考改革也带来了"学生如何选择,高中、大学如何应对,九年义务教育如何贯通,基础教育的学生如何学习"等客观挑战。

同时,我国首部国家级人工智能发展规划——《新一代人工智能发展规划》正式出台,将新一代人工智能发展提高到国家战略层面,这是大智能时代的关键之举,鼓励在中小学阶段设置人工智能相关课程。

《规划》提到,要开发基于大数据智能的在线学习教育平台,要完善人工智能领域学科布局,设立人工智能专业等;要求利用智能技术加快推动人才培养模式、教学方法改革,构建包含智能学习、交互式学习的新型教育体系。开展智能校园建设,推动人工智能在教学、管理、资源建设等全流程应用。开发立体综合教学场、基于大数据智能的在线学习教育平台。开发智能教育助理,建立智能、快速、全面的教育分析系统。建立以学习者为中心的教育环境,提供精准推送的教育服务,实现日常教育和终身教育定制化。

如何描绘人工智能发展的新蓝图?中国怎样建设世界人工智能创新中心?如何让人工智能"扬其所长,避其所短"为人类造福等一系列问题瞬时引发全民与行业

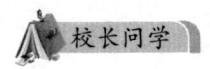

热议。面对新高考改革和人工智能时代的双重教育巨变,一场新的"教育革命"悄然而至。学校教育以及在线教育企业急需"高度敏感"。所以,"新高考+人工智能时代",基础教育要积极应对,转型升级,抢占先机,服务成长。

有人认为,企业在研发人工智能教育产品时要注意,是否帮助了教师减负增效,是否关注到"育人",是否为学生带来了个性化体验挑战。不同学校在教育理念、管理和顶层设计上差异较大,如何让具有人工智能基因的技术适应每个学校的不同需求是难点。

有人感慨,只有技术与教育的深度融合才能有效解决教育问题,教育产品要想在学校常态化应用,首先要解决教师使用的便捷性问题。人工智能可以解决重复工作,未来人机交互可能比人人交互更重要。

有人坚信,终身学习是人工智能时代生存的必要条件,我们更应该捍卫"学习者主权",产品设计要围绕学生搭建学习生态,使学生在生态环境中成长为具有独立人格、责任担当、自主学习的人。这种教育环境的基石是:尊重,唤醒,自主,生长。

在沙龙上,我们达成共识:好的教育产品帮助学校走进人工智能的教育世界,但前提是互联网教育企业能够担当起使命和责任,用好的产品引领中国教育的变革。人工智能时代更需要教师具备三大本领,即"爱商""数商""信商",才能成为依然被学生需要的人。与人类的智商、情商相呼应,"爱商"是教师最核心的情商,"数商"和"信商"是教师最重要的智商。

——刊号:CN11-0179《中国教师报》2018年1月17日7版

文/张义宝

美国课程考察的启示

我曾赴美进行为期近一个月的"美国基础教育核心课程体系建设实践研究"考察学习培训。我们听取了各类专题、各种形式的学术报告,访问了各级各类学校、学区。我认为,美国的课程体系建设有六点实践值得深思。

第一,关注知识的深度与难度的关系。从2+2到10+10,只是增加了知识的难度,并没有增加知识的深度。知识的深度要依靠实际应用和批判思维进行拓展。

第二,课程设计与学生两相适。我们通常的想法是:一门好课程一定要让所有学生都学到。其实不然,就像买鞋一样,漂亮的鞋穿上不一定合适,不合适就要脱掉。学生选择课程也一样,尝试之后适合、喜欢,就继续学习,反之可以不再学习这门课程。

第三,争做在线教学先锋。美国高中在线教学不是线下教学的补充,而是政府主管部门授权的独立高中教学体系,包含所有高中学科教学内容,可以获得官方认可的学分。全美高中学生包括世界各地的国际学生,都可以申请在线教学并取得学分。我们也要发展公立在线教学平台和管理制度,实现优质教育资源共享。

第四,积极推行陈列馆式教学法。这种教学法是将学生分成若干小组,每组围绕一个主题进行研讨,小组发言人发表小组学习报告。各组组员相互轮换,每个人都有机会对发言人提出质疑,也都会成为解答组员提问的发言人。小组合作、同伴分享、批判思维、信息技术应用等众多教育要素在这一个活动中得到体现,学生学习的积极性也得到充分释放。

第五,倡导成长型思维模式。科学研究证实,一个人犯了错误并改正错误的经历越多就越聪明,这个结论呈现了一种科学的教育理念和儿童发展理念,即培养学生的成长型思维模式。拥有成长型思维模式的人,遇到问题习惯说"Yet",意思是"不是不能学会或达到优秀,而是暂时还没有掌握或达到优秀",只要按照一定的原则和标准改变自己,就能实现目标。所以,校长和教师在学生处于困境时不要说"Not",而要善于说"Yet",帮助学生找到改变的路径或策略。

第六,实施智能的个性化学业评价。美国教育同行研发了 SBAC 评价机制,即以聪慧程度为权重的学业评估体系,依靠计算机和网络智能评估学生学业表现。这种

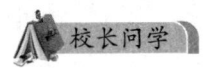

测评的优势在于全部采用计算机测评，便于统计分析，测评结果可量化、更精确；根据学生答题对错调整出题层次，不会出现零分结果，也很少有满分结果，呵护学生学习的积极性；学生每人生成一套试卷，无法进行精准的应试准备；测试与既定学术学业标准相对照，便于师生和家长准确了解学习情况和制订有针对性的改进计划。大数据分析的引入使管理和评价变得简单易行。

此次课程考察培训聚焦"创生教育奇迹"，让我深受启发，特写下几点与课程改革相关的思考和建议帮助我们的学校和教师改进工作。

第一，培养"国际好学生"。学校要为学生提供国际化课程，在本土教育国际化服务能力的提升上下功夫，加大国际通用学分课程的选修力度，在实践能力和综合素养的评价方面与国际知名高校评价标准对接，使学生成为有国际竞争力的"国际好学生"。

第二，建立无缝对接的课程整合实践系统。把尊重学生个性、兴趣和人生规划放在核心位置，建立基于生涯教育和提升学生生涯规划能力的课程实施体系；政府和教育管理部门要为学校提供更多课程实施空间，学校自身也要探索多种教学模式。

第三，贯通课程评价与课堂教学质量分析诊断大数据系统。建立分层分级教育行政业务部门及广大师生全员共享共建的管理系统；建立基于信息技术和智能化命题的个性化课程评价机制，以学生为中心，测评出学生的真实学习水平。

新时代呼唤我们紧抓难得的历史机遇，以大有可为、大有作为的心态，创生出"美好教育"新时代。

——刊号：CN11-0179《中国教师报》2018年1月24日7版

文/张义宝

一石一世界

曾经在校园里做了一个"石园",全面构建学校的"石文化"特色,也引来了同行络绎不绝的参观。

其实,学校"石文化"的打造,源于许多年前旅行时的一次"石缘"。那年,来到著名的张家界风景区,我被从未见过的神奇巨石山林震撼了!在河流源头漫步,一块水卵石引起了我的兴趣——上面竟有一片天然画境,仿佛印象派画风的原始部落图腾映入眼帘,不知经过大自然怎样的磨砺,才能如此"清水出芙蓉,天然去雕饰"。

此后,每逢旅行,必然会收集各种石头,还给自己定下3条原则:第一,每到一个景点,必须要捡拾取一两块奇石;第二,石头都是自己在大自然中寻觅的,不可以向人购买;第三,顺其自然,不以盈利为目的。自己爱上"石文化"后,也将"石文化"带到学校,挖掘相关的石品质、石精神,让"石文化"生根发芽。

无论是韩国济州岛的"蜂窝石"、太平洋塞班岛的"中国地形公鸡图石"、美国大峡谷的"美国版图石",还是青海湖的"蛇形头石"、安徽大别山的"郑和宝船石"、济南千佛山的"敦煌山石",都让我惊叹大自然"鬼斧神工"的创造力。100多块大小不一、色彩各异、质地不同、形神别具的石头不断飞入我的居室,也飞入我的校园。每次看到这些石头,都会不由自主地回想"缘起"时的真切细节、灵性相通。这些石头也成了我的"贵宾佳客",每每朋友来访,我都会向他们倾诉石头背后的故事,引得他们时而紧蹙双眉、时而开怀大笑。

一直有一个想法,等空闲或退休的时候,专门编个册子,记录每次曲折、神奇、惊险的集石故事。每个人都向往美好优雅的生活和工作方式,其实,只要用眼发现、用心体验、用情滋润、用爱抚育,这样的生活离我们并不远。

一石一世界,一切皆有故事,一切皆散发着美丽和神奇。

——刊号:CN11-0179《中国教师报》2018年3月7日16版
文/张义宝

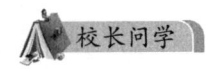 校长问学

教育永远是美的相遇

曾金秋时节，北京最美，教育最美。教师节庆，贵在相逢，美在相遇。今天是第36个教师节，是我们教育工作者自己的节日。此时此刻的教师节，老师们，我想对您说：我们的相遇已经是"最美的"！

老师们，我想对您说：我们的梦想必然是"更好的"！

明年是第一个中国梦的实现之年，润丰学校必然与国家民族命运同呼吸共命运，我们一定要有十年的视野同创新未来。从特殊的时间方位、历史方位和地理方位来看，至2030年，那时的北京、朝阳以及我们的学校，一定是更加的美好，一定是质量上乘、内外兼修的百姓心目中最好的学校之一。

老师们，我还想对您说：我们的努力钟情于"新基建"！

新学年我们引入"新基建"的名词，来类比润丰的未来发展方向。我们已经在AI项目、学段贯通、"1222"A型飞体新机制工作体现了润丰学校"新基建"具体的构筑。基于核心素养视域下的"AI+教育"的教育目标即"人之为人"的必备品格和"学以为己"的关键能力，这也是契合智慧教育的"精准化、差异化、个性化"的特性的素养导向。

作为一线教师，要树立"儿童拥有学习人工智能的天赋潜能"和"让儿童成为学习人工智能的小主人"的学生观和教师观。

借此庆祝第36个教师节之际，我想与大家再次约语共勉：放空自我，新十年需要我们彰显过人的才华、生命的力量和灿烂的辉煌！因为教育永远是最美的相遇！

——邮发代号：1—258；国内刊号：CN11-0265
《现代教育报》2020年9月 第4539期 7版
文 / 张义宝

沐浴和谐阳光　奠基幸福人生

办人民满意的教育，为老百姓提供优质教育资源，是北京市朝阳区教育部门的执着追求。2010年5月，受朝阳区教育部门力邀和委派，原史家小学校长卓立——北京市特级教师、首届全国十大明星校长，出任北京市润丰学校校长。

学校从中华优秀传统教育文化和当代教育精神中思考，将办学指导思想固化为"一切为了孩子，一切为了明天"，倡导"和谐教育"的办学理念，在教育教学中始终追求"人与人、人与知识、人与自身、人与社会、人与自然"的和谐。

把"和谐"作为育人目标及方法，贯穿于立德树人各环节。立足培养学生"会认知、会做事、会合作、会生存"，具体育人目标为：讲文明、爱学习、勤锻炼、善文艺、会劳动、懂科学、乐助人，通晓国际规则、拥有国际视野的全面发展的人。

学校把系统构建作为和谐教育育人模式，整合学科与活动、课堂与课外、学校与家庭，探索出"文化浸育、德育润育、课堂育'知'、课程育'行'、社团育'美'"的协同育人路径。坚持引导学生从小励志"为中华之富强而读书"。10年艰辛积累，逐步形成了可复制、可推广的和谐办学育人模式。

创建以"和谐"为特征的校园文化体系——以文化人

学校始终将"和谐教育"办学理念和与之相匹配的"七彩阳光"育人体系落实到校园文化建设的各个环节，成为润丰学校特色校园文化的精髓。

第一，以文化景观构建"和谐校园"。在卓立校长自己设计、建造润丰学校时，将和谐教育理念的主要思想深深地嵌入校园景观中，以雕塑群、水幕墙等文化景观使和谐理念具象化，变成教育文化，日复一日地浸润学生思想、规范学生行为、锻造学生意志。

第二，以绚丽色彩构建"七彩阳光"校园。校园内，色彩变换丰富、绚丽、雅致。所有学生时时沐浴在七彩阳光般的校园中，徜徉于多姿多彩的活动空间，感受阳光般的关爱、呵护与哺育，在无声的、丰富的色彩润育中，"入芝兰之室久而自芳"，逐渐形成阳光活泼的性格、积极向上的心态、和谐友善的品格。

第三，以丰富空间景观构建"全面发展"校园。学校将多处空间进行了教育文

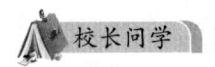

化的创意设计。空间维度上，组成了正式的课堂学习空间和非正式的第二课堂学习空间，同时也构成了真实的（实物的）和虚拟的（网络的）学习空间。时间维度上，处于教学楼一层的小学一年级至教学楼第四层的九年级，色彩变换从绚丽多彩到沉稳雅致，中间波浪形玻璃幕墙跨越所有专业教室和文化廊厅，寓示着学生在绚丽校园中走过精彩的九年，始于阳光活泼，终于自信文雅。

构建以"五育并举、全面育人"为标志的七彩阳光德育体系——以德润身

"和谐教育"办学理念始终把立德树人目标贯穿于教育教学全过程，坚持"五育并举"，以卓立校长提出的"为中华之富强而读书"为德育主题，立足学生将来"会认知、会做事、会合作、会生存"，引导学生"立志于心，优雅于行"，向着七个具体德育素养目标而努力。

学校顶层设计了以"七彩阳光教育活动、七彩阳光社团活动、七星少年评价体系"为内容的七彩阳光德育体系，融"环境育人、文化育人、活动育人、实践育人、管理育人、协同育人"于一体，充分为学生搭建价值引领、实践操作、交流展示、文化提升的成长平台。制定了"九年四段一贯"《七星好少年评价手册》，构建起以"整体架构阶段成长、过程积累全员参与、个体与集体互动"为特征的"七星好少年评价机制"，文明之星、学习之星、体育之星、文艺之星、劳动之星、科学之星、助人之星成为学生的积极追求。

构建以"和谐课堂"为标志的特色教学体系——以"知"育人

创建和谐课堂是和谐教育对课堂教学文化的理解和创新。教师们凝练了"和谐课堂"的五个特征：第一，人际关系的和谐；第二，人与教材的和谐；第三，人与教学设备的和谐；第四，教法与学法的和谐；第五，教学资源与心理年龄特征的和谐。

提倡"为中华之富强而教书"，着力推进网络环境下现代信息技术与学科教学的整合，依托网络，使用平板电脑、手机、多功能触摸电视实现课堂随机互动，构建了三维"网络互动课堂"。教师和学生利用电子设备，组合成"虚拟学习共同体"，将各种资源通过师生、生生、专家与学生多维度的交互学习，实现"技术保障（格物）—获取知识（致知）—技术赋能（至智）"的育人过程，达成和谐共享、和谐共融。

构建以"立德树人、创新实践"为标志的七彩阳光课程体系——以"行"育人

立足学校特有的校园文化育人氛围及"和谐教育"的育人目标，学校逐步开发了融"科学性、知识性、趣味性、互动性"于一体的多样化课程六十余门，"三层级七领域七彩阳光课程体系"。

其中"三层级"是指三个层级的课程平台，强调课程针对学生"差异性"培养学生，包括基础型课程、拓展型课程和研究型活动课程。"七领域"是指课程体现"全面性"供给，包括崇德修身、文化积淀、身心健康、艺术修养、劳动技能、科学素养、社会公益七种素养。

基础课程的七个方面，是国家课程的校本化表达，重在"格物致知"；拓展课程，主要在校园内的拓展空间内实施，重在"行远登高"；研究型活动课程，主要依托社会大课堂，力求让学生走出校园，重在"鹏程万里"。

构建以体艺科为主体的社团育人活动——以美育人

作为联合国教科文组织成员学校，引导合唱社团、管乐社团等社团的学生走向国际，参与国际化的研学和展演交流。学校依托校园内完善的教育教学设施开发了四十余种实践型社团活动，均为学校特色社团。社团面向全体学生开放，学生可以随机选课，实行全员"走班"。

科技教育，魅力无穷，金鹏论坛、三模、智慧物理、数独等科技社团让学生充分享受到科学的盛宴。艺术教育，所有学生在每学期都能登上学校绚丽的剧场，展示自己的风采。合唱团、管乐团竞相绽放，获区级一等奖以上二十余次，话剧团在北京市艺术节连续斩获金奖。体育教育，特色鲜明，游泳在全校学生中得到普及，国际跳棋近三年来多次囊括全国基础教育智力运动会冠亚军及团体冠军，全国国际跳棋特色学校的称号名副其实。

润丰师生坚持和谐教育理念、追求学生全面发展的脚步，从未间歇。十年磨一剑，全体师生在卓立校长的带领下和谐奋进，取得了丰硕的成果，先后获评北京市冰雪运动特色学校、北京市中小学智力运动推广教育优先学校等七十九项区级以上荣誉称号及其他荣誉，学生个人获区级以上荣誉三千余人次。

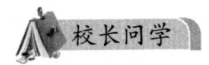

校长问学

面向未来,学校将继续秉承卓立校长的和谐教育理念,开启未来10年的"新基建",以AI课程、国学课程、美健课程等新课程,引领润丰学校和谐教育发展的新篇章。

——国际刊号:D739;国内刊号:CN11—0035
《中国教育报》2020年11月11日 8版
文/张义宝 王雪梅 石亮

让孩子把劳动当作"一件创造美好的事"

近来,朋友圈里有段很火爆的视频,那就是《魏书生谈家务劳动》,视频里魏书生斩钉截铁地说:"学生的头等大事就是承担家庭责任!"

在教育家魏书生当辽宁盘锦市教育局局长时,他要求:"孩子回家需要做家务劳动,有时间多做,没时间少做,但不能停下来。一分钟也要做,半个小时那就更好了。"很多人不理解的是为什么魏老师当教育局局长,首先研究的不是分数、考试和升学率,而是家务劳动?

魏书生说,"一个人爱祖国、爱人民,看不见、摸不着",但"一个孩子从小知道心疼你了,长大了他自然会心疼老百姓,心疼集体和国家"。

从小培养孩子的责任感、使命感,更是培育一种幸福感、道德感,这该是魏书生让孩子从家务劳动着手教育的初心和最长远的目标吧?作为教育人,我们非常认同他所提及的这种观点。因为,在我们家,也非常重视通过劳动对孩子责任感的培养。儿子小时候做力所能及的家务劳动是家常便饭,就是他后来到国外读书、工作后,我们也十分注重培养他的劳动素养。而且为了"家国情怀"的落地,我们商定了每周末一次的"视频家庭例会",每周进行一次至少半小时的远洋家庭视频连线。

疫情防控期间,在一次视频中我们和孩子有这样的对话:

"一日三餐都是自己做着吃的。"儿子说。

"好啊。感觉怎么样啊?"妈妈反问道。

"刚开始时兴致很高,尤其饭菜摆上桌时很有成功感,吃着自己做的饭菜心里也特别开心。可是,过了一段时间就有点烦了。还是吃现成的省事。"

"那后来呢?"妈妈颇有耐心地继续问道。

"就在今天中午做饭时,我真的这样想过:仅是疫情这一段时间,我对做饭就不耐烦了。妈妈一直都在为我们一日三餐操劳,真是太不容易了。"孩子接着说,"我现在觉得做的这些都是应该的,为自己服务嘛。以后回家为你们服务,我会更开心的。"最后儿子满脸真诚地说:"妈妈,谢谢您。这么多年来您辛苦了。"

我们很相信,这段视频里孩子的语言是真情的,内心是幸福的。

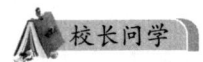

著名的教育家陶行知先生说过,"真的教育是心心相印的活动,唯独从心里发出来的才能达到心的深处。"记得我们小时候唱过的一首歌曲叫《劳动最光荣》,歌词有这样唱道:"幸福的生活从哪里来,要靠劳动来创造。"劳动创造了幸福,劳动创造了美。劳动教育的过程也是情感陶冶和潜移默化的过程。劳动的美学价值,不但体现在劳动的成果上,更体现在劳动的过程中,只有积极热情地参加实际劳动的人,才能真正体验到劳动的美感和劳动的欢乐。而在这样的自然而然、日积月累的过程中,劳动就成了孩子成长中的一种习惯。

当下,我们分明地感受到时代的脉动,未来已来,人类已进入人工智能飞速发展的新时代。面对百年未有之大变局,"培养什么人、怎么培养人、为谁培养人"的教育命题和培养担当中华民族伟大复兴的时代新人,已成为广大教育工作者"立德树人"的时代之问和必答之题。

习近平总书记在新时代全国教育大会上指出:"要在学生中弘扬劳动精神,教育引导学生崇尚劳动、尊重劳动,懂得劳动最光荣、劳动最崇高、劳动最伟大、劳动最美丽的道理,长大后能够辛勤劳动、诚实劳动、创造性劳动。"诚如魏书生所言的"头等大事"是从家庭劳动习惯开始的。当孩子们把劳动真正当作"一件创造美好的事",我们的教育就一定会让今天的孩子更加自信地"智造"未来。

——邮发代号:1-2;国内刊号:CN11—0033;国际刊号:D766
《人民政协报》2020年12月16日 11版
文 / 张义宝 江洪玲

附录 2

媒体篇
他山之石，可以攻玉

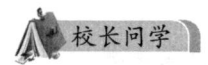 校长问学

润德七彩少年　丰盈和谐教育

润丰改革新篇·首都教育名片系列报道之一

红、橙、黄、绿、青、蓝、紫依次排列的七彩玻璃幕墙彰显着学校的全面育人的教育思想，校园中"和谐"主题的铜质雕塑、"和谐"石雕、"和谐"砖雕、办学指导思想水幕墙体现着校园处处皆育人……走进北京市润丰学校，和谐教育的气息扑面而来。十年来，润丰学校依托和谐教育的文化底蕴，不断提升文化内涵，拓展文化外延，构建了以"立德树人、创新实践"为标志的七彩阳光课程体系，构建了以"五育并举、全面育人"为标志的七彩阳光德育体系，形成了以"和谐课堂"为标志的特色教学体系，书写了以文化引领推动学校高质量发展的生动篇章。

和谐教育落户朝阳

教育承载着民族的希望和未来，朝阳区是北京市的教育大区，为满足百姓对优质教育资源的需求，2010年5月，北京市润丰学校正式成立，受朝阳区教委的邀请和委派，原史家小学校长、北京市特级教师、首届全国十大明星校长卓立出任润丰学校首任校长。

25年前，卓立校长在史家小学提出了"和谐教育"办学特色，和谐教育思想在史家小学生根、发芽，枝叶繁茂。来到朝阳，卓立校长再育"和谐教育"，将"人与人、人与知识、人与自身、人与社会、人与自然"五方面的和谐融于学校的校园建设、课程建设、队伍建设等方方面面，不断探索着、实践着"把学校办成让家长放心地把孩子和孩子的未来托付给我们学校"的蓝图愿景。

十年来，润丰学校围绕和谐教育，深耕学校文化，使之符合学生发展特点，贴近孩子的心灵，让孩子从校园中能够寻找到自己学习的榜样、树立成长的目标；校园文化建设也实现了与学校教育教学有机结合，成为了学校德育之魂，成为教师、学生的精神统领。

培养七彩阳光少年

教育应该像七彩阳光一样和谐与绚丽，秉承着全面育人的思想，润丰学校整体

构建了七彩阳光教育，对学生提出了讲文明、爱学习、勤锻炼、善文艺、会劳动、懂科学、乐助人七个具体成长目标，并以此评选对应的"七星少年"，引导孩子们生活在明媚、和煦的阳光下，积极进取、阳光自信，成为享受成长快乐的少年。

在和谐教育理念的指导下，学校根据生源特点以及育人目标的多元化功能，形成了以育人目标为支撑的分层级、多领域、立体化、全方位为特征的"三层级七领域七彩阳光课程体系"。其中"三层级"是指三个层级的课程平台，强调课程针对学生"差异性"培养学生，包括基础型课程、拓展型课程和研究型活动；"七领域"是指课程体现"全面性"供给，包括崇德修身、文化积淀、身心健康、艺术修养、劳动技能、科学素养、社会公益七个方面的素养。

学校依托校园内的完善的教育教学设施开发了包含七大领域40余门实践型社团活动课程，如模拟联合国、厨艺、家艺、陶艺、机器人、产品设计、模型制作、攀岩、武术、足球、冰球、国际跳棋、高尔夫等，均为学校特色社团。学校还依托校园博物馆，开发了博物馆课程，并以此为基础，以研学活动的形式，带领学生走进北京市内乃至西安、河南、南京、江苏等地的博物馆，使享受课程的学生充分感受到课程的"全面性"。作为联合国教科文组织成员学校，学校还积极引导合唱社团、管乐社团、科技社团、模联社团的学生走向国际，参与国际化的研学和展演交流。

铸就和谐教育新高地

十年磨一剑，全体润丰师生和谐奋进，励精图治，取得了丰硕的成果，学校先后获批为北京市联合国教科文俱乐部成员、北京市第二批校园文化示范校、北京市文明校园、北京2022年冬奥会和冬残奥会教育示范学校等57项市级以上、90多项区级荣誉称号。

学校实施和谐育人机制，通过七彩阳光教育体系、七彩阳光课程体系，全面提升学生核心素养，学生在科技教育、美育教育以及体育教育等方面更是收获了累累硕果：金鹏论坛、智慧物理、智慧化学、数独等科技社团让学生充分感受到科学的魅力，近四年来，就有3000余人次分获市、区级各种比赛奖项；合唱团、管乐团区级一等奖以上20余次，先后10余次出国演出交流，话剧团在北京市艺术节连续斩获金奖，全校普及游泳课，国际跳棋近三年来多次囊括全国基础教育智力运动会冠

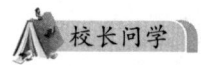

亚军及团体冠军……

众多的荣耀，是润丰教师追求和谐的智慧结晶，是和谐教育理念的强大精神动力在所有学生身上的荣光绽放，彰显了和谐教育理念的强大生命力，学校也由此成为朝阳基础教育的优质品牌。

——邮发代号：1—258；国内刊号：CN11-0265
《现代教育报》2020年11月11日 A4版
文/首席记者 郑祖伟

铭记伟大胜利

　　日前,北京市润丰学校七、八年级学生以及小学部少先队大队干部前往中国人民革命军事博物馆开展社会实践活动。展览以"铭记伟大胜利 捍卫和平正义"为题,共用540余张照片,1900余件文物和大量视频、实物场景等全面回顾了中国共产党领导抗美援朝战争的光辉历程和宝贵经验,生动反映了伟大的抗美援朝精神的丰富内涵和时代价值。学生们在展出的图片及文物前不时驻足,认真学习,彼此小声地交流自己的感受,并将之写入了自己的综合学习手册中。

——邮发代号:1—258;国内刊号:CN11-0265

《现代教育报》2020年11月11日 A4版

文/首席记者 郑祖伟

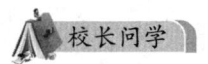
校长问学

润丰新十年　开启教育"新基建"
润丰改革新篇·首都教育名片系列报道之二

建校十年来，北京市润丰学校创建了以"和谐教育"为标志的和谐校园文化体系；构建了以"立德树人、创新实践"为标志的七彩阳光课程体系；构建了以"五育并举、全面育人"为标志的七彩阳光德育体系；形成了以"和谐课堂"为标志的特色教学体系。站在学校发展新十年的基点上，润丰学校将全面开启教育"新基建"，与所有老师齐心协力，"共筑百年好梦想，同创十年新未来"，办人民更满意的教育，为国家培养更优秀的人才。

开启教育"新基建"　书写民族复兴教育答卷

教育是功在当代、利在千秋的德政工程，对提高人民综合素质、促进人的全面发展、增强中华民族创新创造活力、实现中华民族伟大复兴具有决定性意义。润丰学校牢记为党育人、为国育才的使命，全面落实立德树人根本任务，努力培养合格的社会主义建设者和可靠的接班人。

2020年6月19日，张义宝受命担任润丰学校第二任校长。张义宝于2015年被人才引进到北京市朝阳区教育系统工作，先后任北京市朝阳区教研中心党总支书记、中心主任，兼教研室主任。张义宝有着丰富的教育经验，是教育部全国骨干校长，全国著名特级教师。

上任润丰学校校长岗位后，张义宝校长以时不我待、只争朝夕的精神投入到工作中。在张义宝校长看来，2020年是全面建成小康社会的百年目标实现之年，是润丰学校建校十周年的收官之年，更是新十年的开启之年，在百年中国好梦的大背景下，润丰学校将与国家民族同呼吸共命运。站在承前启后的历史交汇点，张义宝校长立足学校的现状，"基于问题，基于前沿，基于需求，基于发展"，聚焦新时代教育现代化的信息化特征，对润丰学校的未来发展进行了规划。

第一，乘势而上"向未来"。学校在新时代的办学理想是"让学校成长为孩子一生到过的最好地方"，新时代的育人目标是"培养有竞争力的现代中国人"。相当一段时间内，学校聚焦拔尖创新人才的培养，学校坚信"人人都是拔尖者，个个都是创新人!"

第二,再接再厉"新十年"。在后疫情时代,学校将秉承和谐教育理念,钟情于"新基建"即:新—新十年—转型升级新阶段,基—基本功—教育教学高质量,建—建功业—优质大考必答题。

在"新基建"的引领下,2020年暑假里,全体润丰人放弃休息时间,以昂扬的斗志投入到工作中,在张义宝校长的引领下,学校构建了"一体双翼,两擎双部"的A型"飞"体管理体系,以此探索学校现代治理体系和治理能力。"一体"即现有学段行政分类为主体;"两翼"即学科大学部、项目研究院;"两擎"即以高学术、高学历的师资队伍,作为学校发展的引擎、舵擎;"双部"即党总支部、督导部。

深化教育改革　办好人民满意的教育

自2020年7月份以来,润丰学校相继成立了八大学科大学部,探索学科贯通培养:建立了AI课程研究院、AR课程研究院、STEAM项目研究院、五三竞赛研究院(数物化生信等五大学科竞赛研究院,以及科技创新类、作文文科类、艺术体向类三大类竞赛研究院)、规则项目研究院、文宣项目研究院,以此探索拔尖创新人才的培养模式。

润丰新十年的蓝图,"以尊重求稳定、以服务求发展、以规划求创新、以质量求品牌",点燃了学校每个教育工作者的热情。暑假里,各学部完成了两轮13场教师线上专题研训;新七、八、九年级在云上提前启动教育实践活动;组建了五个项目研究院,以项目攻坚为目的的研究院初步形成;在AI研究院集体年四段的AI校本课程整体框架已经基本成型,每个学段的实验课程也已基本落地……开学不到一个月,从学前班到初三的九年四段衔接融通教育正全面落地,大学部的学段融通正变成现实,AI校本课程已经全面开设……一个全新的探索已经在润丰学校落地生根。

润丰学校新十年规划也赢得了广大家长和老师们的高度认可。一年级(4)班黄羿诚妈妈说:"通过家长会上张校长的介绍,我们对学校有了真实、深刻、全方位的认识。张校长指出,AI+教育,是新时代教育革命的挑战与机遇,未来润丰学子的毕业证将是'三证合一',在学业毕业证、游泳毕业证的基础上,新增一张'AI学习合格证书'。我们非常认可学校的理念和举措,对于学校的未来,我们充满信心。"李老师则说:

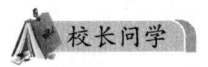

校长问学

"张义宝校长来到我们学校后,在课堂教学改革方面花了很大功夫,不仅仅是大大加强了对教师的培训、学科大学部整合和跨学科整合,而且还深入课堂调研,找出影响学生学习力的教学问题,进行适时的教学方式的变革,从多个角度提升课堂质量。我相信,长此以往,润丰学校的办学质量一定会更上一层楼。"

十年磨一剑,砺得梅花香。相信每一位润丰人都会面向七彩阳光,怀揣希望,驶向更加美好的新征程。承前启后,继往开来,相信润丰新十年必将春风桃李,共创辉煌!

——邮发代号:1—258;国内刊号:CN11-0265
《现代教育报》2020年12月2日 B3版
文／郑祖伟

学段贯通促融合　中小携手争跨越

润丰改革新篇·首都教育名片系列报道之三

义务教育的九年是学生系统学习知识、培养习惯、锻炼能力的起点，更是学生未来全面发展成为优秀人才的基石，学校必须进行科学的整体贯通规划。作为一所九年一贯制学校，北京市润丰学校启动了大学科研究部（以下简称"大学部"）建设，以整体发展的视角审视和指导学生更优地成长，促进教师专业化发展和学校学科精品课程品牌建设，不负"培育有竞争力的现代中国人"的育人使命，以此实现"让学校成为孩子一生中到过的最好地方"这一教育理想。

打破藩篱　成立八大学科研究部

润丰学校新任校长张义宝认为，"教育的一贯性和系统性至关重要，通过学段融通，可以打通师生的成长通道。"为此，张校长在短短一个月密集调研的基础上，总结反思十年办学，追问和谐教育的竞合本质，基于前沿、基于问题，与团队反复研讨，形成共识，迅疾启动了大学部建设，成立了"十年一贯四段学制的八大学科研究部"，以促进学生的学科能力和综合素养得到全面提升。

润丰学校党总支书记王雪梅认为："大学部拆除了中学和小学的围墙，中小学由此成为成长共同体，更能激发干部教师的创造力和积极性。"每个大学部各设置了一名学科部长，全权管理本学科学前至九年级规划实施，对本学科教学质量、课程开发、项目实践、课题研究、教师成长负责。

目前，学校各大学部对不同学段各学科的知识点、能力点和学习习惯培养进行了梳理，引导教师明确各学段的教学目标，实现学段间教育的有效衔接，促进学生潜能、个性、创造性的发挥。

小初携手　探索跨学段教研新模式

"眼界决定境界，态度决定高度，思路决定出路，实力决定魅力"。本学期开学之初，在张义宝校长的引领下，学校构建了"一体双翼、两擎双部"的A型"飞"体管理体系以深入探索学校现代治理体系和治理能力。基于新管理结构和大学部的构建，学校的教学研讨活动生机勃勃。

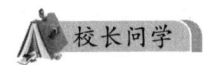

行政督导机制一直是学校教学有序运行和教学创新的重要抓手。基于学科大学部的教学研评督导机制,行政督导机制以建构教学"新问题、新方式、新机制"为变革目标,以促进学生高阶思维发展为课堂遵循,将拔尖创新人才的培养目标落实在日常课堂教学,将拔尖创新型优秀教师的培养目标实现在日常教学研讨,将拔尖创新型领导干部的成长目标完成于日常教学督导。行政督导分为四个阶段、八个环节,形成闭环管理,体现学校对课堂教学的管理,促进教师领导力、组织力的提升。

开学两个多月,学校就有语文、数学、英语三个大学部共开展了8次行督课,学校领导干部与所有大学部部长和相关学科老师都深度参与听课、评课、培训等基于课堂的深度教研活动。

张义宝校长全程参与活动,并以"问学课堂"的精髓要求进行重点点评。张义宝校长认为,行政督导课展示聚焦了一个主题——"通":不仅体现了中小学教学的贯通,还包括学科知识、教学方法、学法等多个方面的融通。彰显了两大特色——"问"和"异":贯通教学就是要追求教学上的"精""宽""深"。突出三点建构——三"新":体现了新主题、新方式、新机制,促进学科教研校本建设高质量发展。

在润丰学校,这样的大学部贯通式教学研究已经成为新常态。润丰学校七年级组组长付长虹老师认为,"通过大学部,小学和初中的老师真正坐到了一起,就学科的衔接、融合进行研讨,不仅针对性强,老师的整体育人观也真正得到了呈现"。

专攻术业　架构学科素养提升通道

为了让大学部"精·深·通"的目标更好地落地,润丰学校还在各项教育教学工作上推进改革,精心设计教师全链条学科素养,快速提升校本研修课程,优化学科建设载体。首先是优化管理体系,在校园文化、人员队伍、课程建设、用人特色等方面实现一体化管理,推进学校内部的横向衔接与纵向贯通,实现真正意义上的矩阵式管理结构,提高管理效能。其次是优化教师培训,立足创新学科贯通机制、培育拔尖创新人才的目标,围绕新高考、新中考目标和课堂教学中的现实需求,进行了"基于新高考新课标视域下的九年一贯制学科贯通实践研究""基于两考合一背景下新中考和学科资源建设""基于区域新课堂评价标准下的命题创编与单元教学设计教学基本功专题高端精准培训"为主题的三大培训,为基于新高考新课标视域下的九年一贯制学科贯通实践研究和新课堂评价标准在日常教育和课堂教学中的落实落细，奠定了坚实的基础，从而打通师生快速成长的通道。

今后，润丰学校将继续在课程建设、学科教学、校本教研等方面深入探索大学部建设，正如张义宝校长所言："大学部建设，可以更好地落实立德树人和核心素养，以期质量跨越提升，使学生成长不断档，从而让学生能在贯通的大道上舒展生命，逐梦前行。"

——邮发代号：1—258；国内刊号：CN11-0265

《现代教育报》2020年12月23日 B8版

文 / 郑祖伟

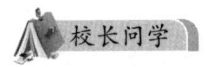

深耕课堂改革主阵地　打好质量跨越组合拳
润丰改革新篇·首都教育名片系列报道之四

近日，朝阳区教育研究中心22名小学教研员走进北京市润丰学校，对学校小学课堂教学工作进行全面视导。经过视导，在所听的24节课中，A课率超过60%。在12月初的中学视导中，23位初中教研员集体深入初中一线课堂，全学科、全覆盖地进入课堂随班听课，共听课44节，A课率高达54.5%。学校中小学在视导中的A课率，均远超区平均，创造了学校视导的新纪录。此举标志着润丰学校在新十年发展征程中，教学改革的"新蓝图"已经初见成效。

整体视导强根基　精准指导促高质

视导后，教研员们对所听的每节课的教师进行了一对一的精心指导，在学情分析、教学目标制定、学习条件设置、学习活动设计、课堂特色构建、学科核心素养培育、拔尖创新人才培养等方面，都给予了充分的肯定。

通过课上课下跟教师们的深入交流，全体教研员对学校课堂教学进行了整体反馈。他们一致认为，学校全体教师坚持育人为本、素养导向，走出高质量发展之路；基本功扎实，业务熟练，教学设计有新理念，引导学生提出了有价值、有深度的问题，教学课堂实施有新方法，教师们集体备课效果好，对朝阳区教研中心的新课堂教学评价标准把握准确，领悟深刻。

基于全体教师课堂教学效果整体的高质呈现，教研员们指出，学校管理队伍在新学期对学校未来的发展进行了顶层设计，尤其是构建了"一体双翼两擎两部"管理结构，增强了教育教学领导力；所有教师理念先行，高度关注学生高阶思维发展和核心问题的引导，"问学课堂"成为课堂操作的支撑。这反映出学校整体工作呈现了高效运行的局面。

五大举措　促课堂教学质量快速提升

在润丰学校张义宝校长看来，课堂教学质量的快速提升，与学校今年以来开展的一系列工作密不可分。

教师研修方向正确。今年暑假以来，润丰学校以新十年建设为起点，开展了一系列高端又接地气的研修活动，从中高考改革、核心素养培养、学段衔接到教学基本功的训练，研修内容聚焦单元教学和试题分析、研磨、出题，教师们都能达成相对高度的共识。

学科教研落实到位。学校通过大学科研究部的贯通推进，教师都指向自己提升的层面，能沉下心来思考学科的核心问题。实现了小初整体研学，回到素养体系、课标、学情分析、小组合作等系列的教学主题及教学方式的主题研究。

课堂聚焦目标导向。一是立足课堂评价标准开展培训、指导，各学科深入开展教学实践；二是以行督课为抓手，踏踏实实地研究课，反思如何理解课程，如何落实评价标准；三是举行"和谐杯"基本功大赛，从八个方面来锤炼教师教学基本功，给予教师足够的自主尝试和反思的机会，让教师们在赛课中获得成长。

教研结合促进生长。教师在系列校本培训、基本功展示研训活动的真诚付出，让学校呈现出整体面貌的焕然一新，使A课率远超区平均水平，使教学质量呈现跨越式发展。

日常教学常规规范。课堂教学视导是教学常规、学科建设，课堂变革的综合检视。日常教学工作中教师们工作到位，才能有视导时的优秀展现。

"问学课堂" 提升学校办学品质

课堂是教学的生命线。教学理念的转变，教学方法的改革，教学效果的体现，都要通过课堂中师生的共同活动来彰显。润丰学校依据十年愿景规划，在教学上提出做"教学质量的跨越者"、加大培养拔尖创新人才的总体方向。同时，学校提出培养学生高阶思维、关注学生的问题意识，加强学科整体贯通研究，打造"问学课堂"，以此落实立德树人根本任务。

张义宝校长认为，问题是创新之源泉、创意之活水，是培养拔尖创新人才的"敲门砖"。学贵有疑，学会生疑。如何培养学生的"问题意识"，是高阶思维能力落地生根的必要条件和根本路径，可以分三个层次贯通培育：一是收问想问；二是善提会提；三是自解自问。

张义宝校长还指出，培养学生问学能力需要五个"学会"，即学会提问、学会自学、学会反馈、学会反思、学会检测。"研究表明课堂上若只用'听讲'的方式，学生

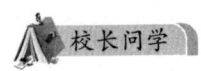

只能记住5%；用眼、耳、手、脑多种感官学习，能记住75%；而把知识清楚地讲给别人听，则会记住90%。可见问学课堂、小组合作学习的重要性。"张义宝校长说。

润丰学校通过"问学课堂"推进课堂变革，依托优化学习目标与内容、学习活动与指导、学习评价与作业、学习反思与改进、学习环境与资源等的设计，使"问题导向"、教师引导、学生自学成为学校课堂的新常态。

在"问学课堂"中，教师们不再以自己为中心，不再围绕着知识的讲授来开展课堂教学；而将学生放在课堂的主体地位，以学生为主体，让学生在学中问、问中学，让提问促进学生学习、促进学生思考。"问学课堂"的实施，激起了学生智慧的浪花，更是提升了学生核心素养。

冬之蓄积皆为春之绽放。学校办学质量的提升，凝聚着每一位教师突破自我的教学勇气和力量。相信随着"问学课堂"的推进、教师理念的转变，润丰学校的课堂教学定能实现转型，迎来美丽的蜕变。

——邮发代号：1—258；国内刊号：CN11-0265
《现代教育报》2020年12月28日 12版
文/郑祖伟

多种形式展示党史学习教育成果

　　5月24日，由北京市委教育工委宣教处、现代教育报社共同举办的"永远跟党走"北京教育系统党史学习教育进校园暨建党百年师生主题作品展示活动在北京市润丰学校举行。来自北京市大中小学的师生们用歌舞、戏曲、话剧、朗诵等节目，展示学校党史学习教育成果，让红色基因、革命薪火代代传承。李大钊之孙、中国化工流通协会原副会长李建生先生为师生带来一堂特殊党课。北京教育音像报刊总社党委委员、副社长李青为李建生颁发智库专家特聘聘书。

　　北京市委教育工委宣教处、朝阳区委教育工委、北京教育音像报刊总社、现代教育报社等相关领导参加了活动。

全市学生"同唱一首歌""共写一封信"

　　据悉，为热烈庆祝中国共产党成立100周年，抓好青少年党史学习教育，今年3月，北京市委教育工委、市教委制定印发了"永远跟党走"主题教育活动，市委常委、市委教育工委书记夏林茂专门主持召开动员推进大会，全面部署"学起来""唱起来""讲起来""做起来"各项任务，鼓励全市大中小学在校生通过网络歌咏、写作、绘画等方式，向革命先烈和英雄人物学习，弘扬革命传统，传承红色基因，坚定不移听党话、跟党走，让红色基因、革命薪火代代传承。

　　活动现场，与会者通过一则短视频《红心向党礼赞百年》，欣赏了部分学生的优秀画作。征文活动参与者、中央民族大学附属中学高一（17）班学生方静怡深情朗诵了《清明怀英烈——致刘胡兰的一封信》，用穿越时空的方式，与革命英烈对话。

　　据介绍，作为"永远跟党走"主题教育活动的重要组成部分，北京市委教育工委、市教委面向全市大中小学组织开展了"唱支歌儿给党听"百万师生网络歌咏比赛和"穿越时空的对话"——写给革命先烈的一封信两项征集活动，以学生喜闻乐见的形式，歌颂党史峥嵘岁月和先烈光辉事迹，充分调动了广大师生学党史、忆党恩的积极性和创造性，首次实现了全市大中小学生"同唱一首歌""共写一封信"，活动成为开展青少年党史学习教育的创新探索和有力抓手。

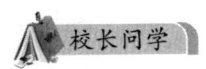

活动启动后，获得了首都百万师生的积极响应，在全市大中小学校园内形成了"写起来""唱起来"覆盖全体师生的浓郁气氛。随着作品征集的持续推进，北京市委教育工委、市教委依托《现代教育报》融媒体矩阵及学习强国、人民网、抖音等网络平台，为活动开设专区，宣传展示参赛作品。

"唱支歌儿给党听"百万师生网络歌咏比赛参赛作品网络展示专区开通以来，受到了全市大中小学校的广泛关注，据不完全统计，全网浏览量近5000万。"穿越时空的对话"——写给革命先烈的一封信征集活动收到投稿8万余篇。

多种形式展示首都师生党史学习教育成果

活动现场，来自北京市大中小学的师生们用歌舞、戏曲、话剧、朗诵等形式展示了学校党史学习教育成果。

"艰苦岁月里，你用尽一切在黑夜里划出一道裂缝，光照过来，是永远的辉煌……"活动现场，作为本次活动的优秀作品学生代表，中央民族大学附属中学学生方静怡身着土家族传统服饰朗诵道。据悉，这篇文章来源于一堂思政课后，当时老师在课堂中播放了刘胡兰就义前的视频，15岁的刘胡兰为了革命事业义无反顾地捐躯，引发了方静怡的深深思考，于是她有感而发，连夜写出了这篇纪念革命烈士刘胡兰的书信，感人至深。

中国戏曲学院京剧系三名学生带来现代京剧联唱《红灯记》选段，精彩的表演把现场观众瞬间带回那烽烟四起的峥嵘岁月。"《红灯记》是红色经典曲目，老百姓耳熟能详，朗朗上口，我们也希望通过京剧艺术，让更多的人了解红色历史，传承革命精神。"中国戏曲学院京剧系学生余明哲说。

丰台区长辛店第一中学师生带来话剧《工人是天》，再现了100年前，在长辛店劳动补习学校里发生的一幕——李大钊、邓中夏在天寒地冻的日子里来到补习学校，给工人们讲授重要一课。"我们通过排演话剧，希望同学们学习革命先烈和革命先辈的精神，不断增长知识、增强体魄，为实现中华民族伟大复兴，贡献出自己的力量。"长辛店第一中学德育处黄克春主任说道。

在当天的展示活动中，北京市润丰学校带来了合唱《闪闪的红星》、朗诵《为了永久的缅怀》以及歌伴舞《唱支山歌给党听》，表达了对党的感激之情。北京市润丰学校党总支书记王雪梅介绍，学校将党史教育融入课堂教学、融入学校课外活动、融入校园文化建设，与德育教育、养成教育密切结合，营造学党史的浓厚氛围。

据介绍，润丰学校先后开展了"守护·清明祭英烈""高举队旗跟党走红色基因代代传"少先队党史小讲堂、"重走五四路线启蒙青年党性"等学生实践活动，聚焦青少年政治启蒙教育。学校还以"百年逐梦路 文化启新程"为主题，开展第六届学校文化节活动，引导广大师生传承红色基因，厚植家国情怀。让党史学习教育更生动、更鲜活，进一步坚定师生"感党恩、听党话、跟党走"的理想信念。

北京市润丰学校校长张义宝认为："要在青少年学生中开展好'永远跟党走'教育活动，教育学生树立远大理想，用春风化雨般的浸润方式，实现红色基因的代代相传。"

百年节点 上好特殊"大思政课"

当天，李大钊之孙、中国化工流通协会原副会长李建生先生亲临活动现场，为师生带来一堂特殊党课《革命先驱李大钊烈士事迹》。

李大钊同志是中国共产主义运动的先驱，伟大的马克思主义者，杰出的无产阶级革命家，中国共产党的主要创始人之一。李大钊同志一生的奋斗历程，同马克思主义在中国传播的历史紧密相连，同中国共产党创建的历史紧密相连，同中国共产党领导的为中国人民谋幸福的历史紧密相连。李建生从"为探求救国救民真理而励志读书""新文化运动和五四运动""传播马克思主义、热情颂扬十月革命""中国先进知识分子自主创建中国共产党""培养革命骨干力量""为主义牺牲、为革命献身的崇高品格"等六个方面，回顾了李大钊先烈传播马克思主义、探索民族复兴之路、寻求人民幸福途径的光辉历程。

活动当天，王世元介绍了朝阳区开展党史学习教育的具体情况。他介绍，朝阳区委教育工委构建"5＋1＋3"运行体系，即五级工作体系、一个思想政治教育工作组、"三单联动"，确保党史学习教育有高度、有实效。朝阳区教育系统各基层单位围绕"四个起来"，推进系列教育活动。开展"穿越时空的对话"——写给革命先烈的一封信征集活动和"唱支歌儿给党听"师生网络歌咏比赛，开展"校史里的党史"，积极发掘校史中的红色资源、红色基因。与此同时，"'我宣誓'纪念

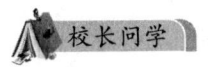

建党100周年"主题诗诵会活动也在各校开展得如火如荼。学生们通过诵读红色诗歌、红色家书和新时代诗篇,坚定永远跟党走的理想和信念。

  据现代教育报社社长兼总编辑王宇介绍,为做好建党百年新闻宣传报道工作,现代教育报社设立了礼赞百年专版,讲述首都教育系统优秀党员事迹,挖掘首都红色学校背后的故事,宣传首都教育系统"四史"学习的典型经验,在微信、学习强国、抖音等平台开通了党史教育专栏、唱支歌儿给党听专区,为全市教育系统党史学习教育这一"大思政课"营造良好的宣传氛围,引领师生在与党和国家大局大势同频共振中同向同行,更加坚定与党同心同德的理想信念,为全市教育系统庆祝建党100周年营造良好的氛围。

——邮发代号:1—258;国内刊号:CN11-0265
《现代教育报》2021年5月 4624期 9版
文/本报记者 韩莉 邓丽 摄/本报记者 付磊

首都大中小学师生展示"永远跟党走"主题教育活动成果

5月24日,由北京市委教育工委宣教处、现代教育报社共同举办的"永远跟党走"北京教育系统党史学习教育进校园暨建党百年师生主题作品展示活动在北京市润丰学校举行。来自北京市大中小学的师生们用歌舞、戏曲、话剧、朗诵等节目,展示"永远跟党走"主题教育活动成果,让红色基因、革命薪火代代传承。

活动现场,中央民族大学附属中学学生方静怡身着土家族传统服饰现场朗诵了自己的作品《清明怀英烈——致刘胡兰的一封信》,在思政课上了解刘胡兰为革命事业英勇就义的事迹后,她深受感动,连夜写出给革命烈士刘胡兰的这一封"穿越时空"的书信。中国戏曲学院京剧系学生表演了现代京剧联唱《红灯记》选段,把观众带回那烽烟四起的峥嵘岁月。参演学生余明哲表示,《红灯记》是红色经典曲目,希望通过京剧艺术,让更多人了解红色历史,传承革命精神。丰台区长辛店第一中学师生带来话剧《工人是天》,讲述了百年前李大钊、邓中夏来到长辛店劳动补习学校给工人们讲课的故事。长辛店第一中学德育处主任黄克春表示,通过排演话剧,师生们学习了解了革命先辈的伟大情怀和无畏精神,坚定了为实现中华民族伟大复兴贡献力量的理想信念。活动还特别邀请了李大钊之孙、中国化工流通协会原副会长李建生为师生上了一堂主题为《革命先驱李大钊烈士事迹》的特殊党课,回顾了李大钊传播马克思主义、探索民族复兴之路、寻求人民幸福途径的光辉历程。

活动承办单位、北京市润丰学校师生表演了合唱《闪闪的红星》、朗诵《为了永久的缅怀》以及歌伴舞《唱支山歌给党听》,表达了对党的深厚感情。校长张义宝表示,要深入推进"永远跟党走"主题教育活动,通过体验式、浸润式党史学习教育,引导学生树立远大理想,实现红色基因的代代相传。党总支书记王雪梅表示,润丰学校将党史学习教育融入到课堂教学、课外活动和校园文化建设中,与德育教育、养成教育密切结合,通过开展各项实践活动,营造了师生学党史的浓厚氛围。

朝阳区委教育工委副书记王世元在活动现场介绍,为推进青少年党史学习教育落地落实,朝阳区结合实际,开展了形式多样的活动,构建"5+1+3"运行体系,

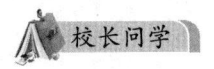

即五级工作体系、一个思想政治教育工作组、"三单联动",确保党史学习教育有高度、有实效,让党史学习教育进校园、进课堂。同时,组织区教育系统各基层单位围绕"四个起来",推进系列教育活动,积极发掘校史中的红色资源、红色基因,让青少年党史学习教育更加生动鲜活。为做好建党百年新闻宣传工作,在全市教育系统中形成学党史的良好氛围,市委教育工委宣教处联合现代教育报社设立了礼赞百年专版,讲述首都教育系统优秀党员事迹,挖掘首都红色学校背后的故事,宣传首都教育系统"四史"学习的典型经验,在微信公众号、学习强国、抖音等平台开通了党史学习教育专栏、唱支歌儿给党听专区,得到全市大中小学校师生的广泛参与,引发社会广泛关注。据不完全统计,"唱支歌儿给党听"各学校参赛作品全网累计浏览量近 5000 万,为全市教育系统党史学习教育这一"大思政课"营造良好的宣传氛围,引领师生在与党和国家大局大势同频共振中同向同行,更加坚定与党同心同德的理想信念。

——北京市教育系统党史学习教育领导小组办公室
《党史学习教育专报》2021 年 5 月 27 日

党建引领学校发展　谱写立德树人新篇

润丰改革新篇·首都教育名片系列报道之五

把党建工作摆在落实立德树人的首要位置，以党建引领促进学校各项工作的超越腾飞。近年来，北京市润丰学校始终坚持以党建为统领，精心打造"党建＋理念引领、党建＋育人实践、党建＋队伍建设"党建模式，构建新时代三全育人良好格局，实现了党建工作与教育教学的融合发展，全面提高人才培养质量，谱写了立德树人的新篇章。

党建＋理念引领　把党的领导融入办学全过程

润丰学校党总支把抓好党建作为第一责任，确立了"党建＋发展"的理念，将党支部建在学部上，党小组建在年级组、教研组上，把党的领导融入学校工作的各个环节，引领学校高质量发展。

学校党总支紧扣办学理念，提出以"和谐文化"引领党建工作。和谐党建，具体细化为"树立和谐思想、创设和谐关系、保障和谐运行、促进和谐发展"四个层面。

为了庆祝建党100周年，润丰学校深入开展党史学习教育。据润丰学校党总支书记王雪梅介绍，学校坚持个人自学和集中学习研讨相结合，线上学习和线下培训相结合，广泛开展主题突出、特色鲜明的学习活动。聚焦高质量发展，学校引导党员立足岗位创先争优，在疫情防控、学生课后服务、学生作业管理、垃圾分类、光盘行动等工作中发挥示范作用。党员教师以社团指导、学科拓展、个性化帮扶等多种形式为学生全面发展服务，以示范引领、集体教研、个别指导等形式为教师共同成长服务、为学校"新十年"质量跨越式发展服务。

润丰学校党员先锋模范作用好，党组织战斗堡垒作用强，学校被评为首批朝阳区教育系统党建示范点，2020年被朝阳区委授予朝阳区先进党组织称号。

党建＋育人实践　把立德树人融入教育全过程

在润丰学校党总支副书记、校长张义宝看来，"立德树人的育人行动是教育工作者最大的学习赋能，我们要牢记为党育人、为国育才的责任使命。"本着这样的

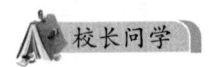

初衷，润丰学校深入推进"党建+育人"，将育人贯穿教育教学工作全过程，为实现全过程育人、全方位育人提供可靠保证。

5月24日，由北京市委教育工委宣教处、现代教育报社共同举办的"永远跟党走"北京教育系统党史学习教育进校园暨建党百年师生主题作品展示活动在润丰学校举行。学校学生带来了合唱《闪闪的红星》、朗诵《为了永久的缅怀》以及歌伴舞《唱支山歌给党听》，表达了对党的感激之情。李大钊先生之孙李建生老师为全体师生讲了一堂特殊党课："革命先驱李大钊烈士事迹"。学校还特聘李建生老师为北京市润丰学校校外学术导师团课程专家。校园记者站的小记者们也怀着无比激动的心情采访了李建生老师，近距离感受到先烈崇高的革命精神和伟大的人格力量。

王雪梅书记介绍，学校将党史教育融入课堂教学、课外活动、文化建设，与德育教育、养成教育密切结合，营造学党史的浓厚氛围。学校先后开展了"守护·清明祭英烈""高举队旗跟党走　红色基因代代传"少先队党史小讲堂等学生实践活动，聚焦青少年政治启蒙教育，让党史学习教育更生动、更鲜活，引导广大师生传承红色基因，厚植家国情怀。

党建+队伍建设　把师德养成融入培养全过程

办好一所学校需要全体教职员工的共同努力，更需要全体党员的示范引领。让全体党员"聚起来是一团火，散开是满天星"，才能激活学校党建和育人的合力。润丰学校以党建为引领，教师要努力做到"重师德、强师能，为中华之富强而教书"。

学校新教师、年轻教师比例大，加大对青年教师的培养，特别是师德建设是重中之重。为此，学校实施师德建设"六个一"工程，旨在全面规范教师外显行为，引导润丰教师践行和谐教育，成为敬业、精心、求新；和谐、真诚、儒雅的典范。

为了打造高素质教师团队，学校创新完善机制，提高管理效能。学校以新十年建设为起点，开展了一系列高端又接地气的研修活动，助力教师更新教育观念，勇于教育实践；通过大学科研究部的贯通推进，提升教师的专业素养；以行督课为抓手，踏踏实实地开展研究课，举行"和谐杯"基本功大赛，给予教师足够的自主尝试和反思的机会，让教师们在实践中获得成长。

教师在系列校本培训、基本功展示研训活动中的真诚付出，让学校呈现出整体面貌的焕然一新，使Ａ课率超区平均水平，实现教学质量跨越式发展。

教育是国之大计、党之大计，润丰学校将继续践行"党建＋"育人模式的深入推进，办人民满意的教育，谱写立德树人新篇章。

——邮发代号：1—258；国内刊号：CN11-0265
《现代教育报》2021年6月 4634期
文／郑祖伟
强国号转载了该内容